世界はひとりの、一度きりの人生の集まりにすぎない。

林伸次

幻冬舎

両親は共働きだったので、夏休みになると幼い僕はいろんなところに預けられた。母方の祖母の家は海のすぐ近くにあり、まず一週間くらいそこで過ごした。祖母と一緒に海水浴に行くこともあったけど、僕はそんなに活発な男の子ではなかったので、祖母の家の広い庭の蟻たちをずっと眺めて暑い夏の日を過ごした。蟻を好きになったのは、図書館で『ファーブル昆虫記』を知ってはまったからだ。甘いお菓子を蟻の巣のすぐ近くにこっそり置いて、それに蟻たちが気づいて、やがて蟻の行列ができて、そのお菓子がどんどん崩されて、蟻の巣に運び込まれていくのをずっと見ていると、本当に楽しかった。ファーブルもこうやって延々と蟻を観察して、何かを発見したんだと思うと、僕も世界で初めてのことを発見できそうな気がした。

もうひとりの父方の祖母にもよく預けられた。その祖母が小学生の僕の授業参観のときに母親代わりに観に来てくれたことがあった。祖母は戦中、満州ですごく贅沢な暮らしをしていたらしく、田舎では誰も着てないような派手なドレスに大きな帽子を斜めにかぶってあらわれた。僕は恥ずかしくて後ろを見ないようにしてたのだけど、先生が「ではわかる人」と言ったときに誰も手を挙げなくて、僕もずっと下を向いていると、「伸次《しんじ》、手を挙げて答えなさい」と後ろから祖母の声が飛んできた。クラス中のみんなが笑って僕を見たから、ここで祖母に恥をかかせてはいけないと思い、僕は手を挙げた。先生が僕の名前を呼んで、立ち上がって何かを答えたところまでは覚えているのだけど、その後は真っ白で覚えていない。記憶ってそういうものだ。その祖母は映画館で働いていたことがあり、僕は祖母に預けられるとずっと映画を観ることができたのだけど、何度も同じ映画を観るとさすがに退屈になるので、祖母がときたま近所のパチンコ屋に連れて行ってくれた。僕の仕事はその辺に落ちているパチンコ玉を拾って、祖母に渡すことだった。祖母はすごく見栄っ張りだったので、パチンコ玉を拾うことは嫌ったのだけど、僕が何十個もパチンコ玉を手渡すと、祖母はニコニコと受け取ってくれた。僕がパチンコ玉を拾っていることが母にバレてからは、僕はその父方の祖母に預けられることはなくなった。

他にもいろんなところに預けられたのだけど、思い出深いのは街の中心地にある大きな県立図書館だ。両親の親友がその図書館で働いていて、母が午前中にその友人に声をかけて、僕はその図書館で一日中過ごすことがよくあった。子供向けの偉人伝や冒険ものや歴史ものなんかはあっという間に読み尽くし、大人向けのミステリーやSFにも手を出した。図書館は古い建物だったんだと思う。天井がとても高くて、使い込まれた壁により掛かって頬をつけると冷たくて気持ちよかった。図書館の本からは、古い本特有の甘いバニラと木のような香りがした。僕はロンドンやパリの街を探偵たちと歩いたり、すぐそこまで来ている未来や暗い宇宙をさまよったりした。本の中では人が戦ったり泣いたりしているのに、ページを閉じるとそこには僕の夏休みがあった。大きい窓の外は太平洋からの日差しがまぶしくて、蟬が鳴く声がした。柱の時計を見ると、時間はまだお昼過ぎで、僕はまたゆっくりと本の中に戻った。

4

その図書館に一冊、大のお気に入りの本があった。小さな国の不思議な物語がたくさん入っていて、王様が出てくることもあれば、魔女や天使も登場した。その図書館で気に入った本があれば、同じ本を母親に書店で取り寄せて買ってもらっていたのだけど、その本は手に入らないということだった。その後、その大きな図書館がある街からは引っ越してしまって、僕はひとりで自宅で過ごせるくらいに成長し、いつの間にか図書館には行かなくなった。その図書館も、改装して今はすっかりモダンな建物になっているらしい。

図書館の日々を思い出したのは、僕がバーテンダーをしながら本を書くようになってからだ。原宿の裏の方にある図書館で、僕の一冊目の小説の資料を探していたときに、そういえば小さい頃に確か大のお気に入りのちょっと不思議な世界を描いた本があったことを思い出した。タイトルも覚えていないし、作者も日本人だったのか外国の翻訳小説だったのかも覚えていない。でもひとつだけ覚えているのは、その本の中の世界がとても閉じていて小さな不思議な世界がたくさんあったということだ。僕はどういうわけだか、大きく広がる世界ではなく、小さくて閉じていてそこだけで完結している世界が好きだった。その好みはもしかしてあの本の影響なのかもしれない。

もくじ

写真　かくたみほ
装幀・組版　佐々木暁

世界はひとりの、一度きりの人生の集まりにすぎない。

レモネードの話を夏が終わるまでに

一時期同じ店でバーテンダー修業を一緒にやっていた男が肝臓を壊し、バーテンダーをあきらめて実家の瀬戸内海に浮かぶ小さな島のレモン農家を継ぐことになった。彼はユーモアがあり、作る酒はなんでも美味しくて、小説が大好きだった。

バーの給料はそんなに良くなかったのだけど、仕事が終わった後で、バーテンダー同士が、少しだけ酒が入ったショットグラスを出しあって、ブラインドテイスティングで酒の銘柄を当てるという勉強のためなら、バーの棚の酒はいくら飲んでも

「無料」という素晴らしいシステムがあった。

彼は安いブレンデッドスコッチの銘柄を当てるのが得意で、バランタインやカティサークやジョニーウォーカーのような銘柄を易々と当てた。僕たちは、お客さまとの会話のために、「フィッツジェラルドは息を綺麗にキープしたいという理由でジンを好んで飲んでいたらしい」とか、「ハンフリー・ボガートがドランブイが大好きで、バーの酒棚を見て、ドランブイが減っていると、彼が今この街にいるんだってわかったらしい」といった、最近知った使えそうな豆知識を披露しあいながら、アルマニャックからコニャック、マール、カルヴァドスと順番にブラインドテイスティングをしていると、いつの間にか外が明るくなり、それぞれ始発の電車に乗って帰った。

彼とはよく小説の話もした。彼も僕も短編小説という形式が大好きで、誰かと待ち合わせをするとき、十五分早めに到着して、待っている間に読み切れるくらいの長さが完璧な世界だと話し合った。

彼が瀬戸内海の島のレモン農家を継いで、僕が自分のバーを持ってから、「うちに傷物で出荷できないレモンが大量にあるんだけど引き取ってもらえないか」と相談があった。彼はタダでいいと言ったのだけど、レモネードにして出すからと伝えて、二人にとってちょうどいい値段で毎年大量の傷物のレモンが送られてくることになった。

それで僕は冬になると大量のレモンをカットし、砂糖と蜂蜜と一緒に透明の瓶に漬け込み、レモンシロップを作った。そのレモンシロップで作るレモネードやホットレモネードは、僕のバーの名物になった。

僕の一冊目の小説を、小説好きの彼に送ったら、「今度、レモネードの小説を書いてよ」とハガキが届いた。それで毎日バーでレモネードを作りながらレモネードの話を考えているのだけど、どうも面白い話が思いつかない。

いつものように、バーの仕事が終わった後に自宅のキッチンで原稿用紙を前に「うんうん」うなっていると、妻が起きてきてレモネードを作りながら僕にこう聞いた。

「レモネードの話は書けたの？　夏が終わるまでにすごく良いレモネードの話をあいつのために書かなきゃって言ってたじゃない」

「いくつかアイディアだけはあるんだけど、どれもイマヒトツなんだよね」

「例えば？」

「若い男性が海岸通りでレモネードスタンドを始めたんだけど、全然お客さんが来なくて、自分にはお店なんて向いてないのかな、なんて考えてたら、ちょっと不思議な雰囲気のおじさんがやって来て、レモネードの思い出の話をするっていうの」

「なるほど。そのおじさんの話で、そのレモネードスタンドの若い彼は何かに気づいて、以前とは違う人間になって、お客さんが増え出すって話だね。他には？」

「十五歳の頃から五十五年間ずっと、レモネード工場で働き続けてきた七十歳のおじいさんがいて、今日が退職の日なんだけど、若い同僚たちはデートとかいろいろ用事があって、先に帰っちゃうんだよね。それでがらんと静かな工場でひとりぼんやりしているとレモンの妖精が出てくるって話」

「うーん、レモンの妖精か。妖精がおじいさんの人生を癒してくれるわけだ。ありがちかな。まだある？」

「真夜中にキッチンの方に明かりがついてるから、どうしたんだろうと思って行ってみると、君が泣いてて。どうしたのって聞いても教えてくれなくて、それで二人でレモネードを作るって話」

「レモネードが何かの象徴ってわけだ」

「どれもイマヒトツでしょ」

「うん。なんだかどれもどこかで聞いたような話だね。オリジナリティにかけるかな。私だったら物語はやめて詩にするかな。こんな感じで」

夏が終わるまでに、誰も聞いたことのないようなレモネードの話を書こう
登場人物が最初から最後までずっとレモンを搾ってるんだ
それでその世界は夜も音楽も恋も、全部レモンの香りに包まれている

海岸通りも、疲れたおじいさんも、君の涙も全部レモンでできている
その世界にたっぷりと蜂蜜をかけて、誰も飲んだことのないような美味しいレモネードの話を作ろう

言葉と言葉の間からレモンの香りがわき立ってくるようなレモネードの話
そしてそのレモネードの話で、夏が終わるのなんて止めてしまうんだ

「なるほど、詩か。でも、彼のリクエストは小説なんだけど」

「だから、これが小説でしょ」と妻が笑った。

レモネードの話を夏が終わるまでに

ロマン派の風になりたい

冬が始まったばかりの夜、午前二時。僕はバーの仕事を終えてカウンターの席に座り、カルヴァドス・ソーダを飲みながら、短編小説を書き始めた。小説の中で主人公の天使が人間の女性と出会って恋をする。僕がこの二人にどんな出会いと恋のきっかけを与えようか悩んでいると、外で何かが「カサコソ」と音をたてるのが聞こえた。最近よく見かける猫がお腹をすかせてやってきたのだろうか。

内側から鍵を外し、おそるおそる扉を開けてみる。すると扉の隙間から小さい風がバーの中に飛び込んできた。

僕がびっくりしていると、小さい風は入ってくるなり突然、「ねえ、先生に見つからないように、しばらくここで隠れてていい？」と言った。

小さい風は逃げている。そしてその小さい風を追いかけているのは先生らしい。全く意味がわからない。こう聞いてみた。

「先生って？　何の先生がいったいどうして君のことを追いかけてるの？」

「先生ってもちろん風の先生だよ。人間の子供たちが人間の学校に行ってるように、僕たちだって風の学校に行ってるんだ。そして、学校で強い風の作り方とか、天気の見方とか、計算の仕方とか教えてもらうんだ。もちろん風の歴史や理科の実験もあるよ」

「なるほど。そりゃそうだね。もちろん風にも風の学校がある。風だって勉強しなきゃいい風にはなれない。いい大学にも入れないいし、いいところにも就職できない」

「そう。わかってるじゃない」

「ところで質問に戻るけど、どうして風の先生が君のことを追いかけてるの？」

「そろそろ下界は冬だから、校庭で強い冬の木枯らしの風の作り方を教えてもらったとき、僕が全然強い風を作れないから先生が厳しくて。クラスの大きい風の男の子たちも、僕が好きな風の女の子も笑うし、嫌になって逃げ出したら、風の先生がすごい勢いで追いかけてきたんだ」

「今、そういう季節だし、できないとみんな笑うんだね。大変そうだ。風の世界にもいろいろあるんだ」

「僕のお母さんは若い頃はずっと春一番だったし、お父さんはその年一番の台風で雷様から勲章をもらってるんだ。だから『おまえもやればできるはずだ』って風の先生がうるさくって……」

「なるほど。期待されているんだ」

「そう。学校に入ったときからずっと先生たちに、おまえは本当はすごく実力があるはずなんだからって。でも僕は僕だし。僕はやりたいように生きてたいよ」

「やりたいようにか。僕も絶対にその方がいいと思うよ。じゃあ君は大きくなったらどんな風になりたいの？」

「僕が大きくなったらって？　ちょっと考えてみるね。

うん。優しい風がいいな。

夏にさ、すごいスコールがあるじゃない。その雨が上がって、夕方の太陽が見えてきて、そんなときに海から吹いてくる涼しい風とかいいな。

あ、秋から冬にかけて都会のレンガ通りに吹くちょっと冷たい風とかもなってみたいな。

その風が吹くと、女の子が『寒い！』とか言って彼の腕に寄り添ったりするんだ。男の子は嬉しいんだけど恥ずかしくて、でも男の子のコートのポケットの中で二人は手を繋ぐ。その後、今年のクリスマスの予定の話なんかしてくれたら『風に生まれてきて良かった』って思うよ」

「すごくいいね」

「そう？　そうかな？」

「うん。すごくいい。強い風なんかよりよっぽどカッコいいよ。君は『ロマン派の風』なんだね」

「何その『ロマン派の風』って？」

「今ちょっと思いついただけなんだけど」

「その言葉、いいな。ねえ、強い風だけが偉いのっておかしいよね。僕『ロマン派の風』になることに決めたよ。今日はありがとう。君に会えてよかったよ」

「こちらこそ。風の気持ちがわかって勉強になったよ。みんないろいろと事情があったり悩んだりしてるんだ」

「あ、事情で思い出しちゃった。僕、先生から逃げてるんだった。でも僕、今から先生と教室に戻ってみんなの前で宣言するよ。僕は強い風にはならない。僕はロマン派の風になる、ってね」

「頑張って。応援してるよ」

「うん。じゃあまたどこかで会おうね」

そう言うと小さい風は風になって僕の前から消えた。

後には、僕と書きかけの短編小説とカルヴァドス・ソーダが残った。僕は小説に戻って、この二人の恋のきっかけは優しいロマン派の風が吹いてきたことにしようと決めた。

一度しか会えない完璧な人間関係

僕がまだ若かった頃のこと。小説を書いてもうまくいかなくて、雨工場の仕事も人間関係がよくなくて、何もかもが嫌になると港の近くのバーに立ち寄った。いずれは僕はこのバーで働いて、独立してバーを開いてからまた小説を書くことになるんだけど、当時の僕はそんなことは知らない。

その夜はあきらかに飲み過ぎていた。八杯目のカルヴァドス・ソーダを注文すると、マスターは「何か嫌なことでもあったの？」と静かに笑った。

「誰かが僕の悪口を言っていて、僕も誰かのことが嫌いになって、もういいかげん人との付き合いはやめにしよう、ひとりで生きていこう、なんて考えたりするのに、やっぱり寂しくなって、誰かと話したくなって、こんな風にバーの扉を開けてしまうんだ」

「わかる気がするよ。完璧な人間関係、完璧な会話って世の中にはない。みんな不完全な言葉を交わし、相手を完全には理解できず、いつも不完全に誰かと関係をもっていくものなんだ」カルヴァドス・ソーダを出しながら、マスターは語った。

「すべての人間関係は不完全」と僕がつぶやく。

「さよならの国に行ってみるといいんじゃないかな？」

「さよならの国？」

「さよならの国では人と人は一回しか会えない。一度会ってしまったらそこでお別れでもう二度とその人には会うことはできない。それがもしかして完璧な人間関係かもしれない」

「その国にはどうやったら行けるんですか？」

「今夜、そこの港から船が出る」

僕はお会計をすませ、外に出た。月が出ていない暗い夜で、あたりは海からの濃い霧で霞んでいる。

街灯がぼんやりとともっている、いつもの街への道に背を向け、暗い海の方へ歩いた。港へ向かうデッキの道はしっとりと湿っている。すべらないように気をつけて歩いていると酔いもさめてきた。

船はすぐにわかった。

黒くて大きな鉄の塊の船から、細いタラップが出ていて、一人制服を着た係員らしき人間がタラップのこちら側で立っていた。彼は帽子を被っていて、目元がよく見えない。僕はその人に、「さよならの国へ行く船ですか?」と聞いた。

「そうです。ご搭乗でしたらお早めに。そろそろ船が出る時間です」。乗るべきかどうか悩む暇もなく、彼にせかされ船へのタラップを進んだ。

僕が乗り込んだのを待っていたかのように、タラップがゴリゴリと大きな音を出しながら引き上げられ、ゆっくりと扉が閉まった。

さっきの係員に支払いをすませると、狭い階段をあがって、船内の客室階に向かった。だだっ広い客室階は、固定された木のベンチがたくさん並び、ちらほらと人が座っているのが見えた。

全員がひとり旅なのだろう。みんな押し黙ったまま、目をつぶって眠っていたり、本を読んだりしている。

僕は誰も座っていないベンチに腰掛けた。使い込んだ木のあたたかさが心地よい。

船はゆっくりと進み、周りの乗客はあいかわらず押し黙ったままだ。

僕は立ち上がり、ぼんやりした頭を冷やすために海が見える通路に出てみた。海は真っ暗で波さえも見えなかったが、その海に雨が降り注いでいるのがわかった。誰もいない真っ暗な海に降り注ぐ冷たい雨のことをしばらく考えて、誰も見ていない誰かの人生の寂しさについて考えてみた。

暗い海に降り注ぐ冷たい雨。誰も気づいていない、誰かの静かな死。

「さよならの国は初めてですか？」と背後から声がした。

振り向いて「はい」と答えると、くたびれたスーツ姿の男性がいて「よいところですよ」と言った。

「よく行くんですか？」

「一年に一回くらいは行ってます」

「そんなに」

「ええ。日々、生きていると後悔ってありますよね。どうしてあのとき、あんな軽はずみなことを言ってしまったんだろうとか、どうしてあのとき、あんなことをしてしまったんだろうとか、そういう苦い気持ちばかりが心の底の方にたまっていきます」

「はい」

「それで、真夜中にベッドの中でそんなことをハッと思い出して、おもいっきりため息をつく」

「思い出し後悔ですね。僕もよくあります。真夜中に自分が嫌になってしまいます」

「そういうのって、すべての原因は自分が誰かと丁寧に接していなかったからなんです。あのとき、あの人との間で、私がもっと慎重に、もっと誠実に振る舞えば良かったんです。でもそれができなくて、いい加減な態度でその人と接してしまったから失敗して、その思い出し後悔が真夜中に私を襲ってくるんです」

「そういうのがたまってくると、さよならの国に行きたくなるんですか？」

「はい。さよならの国では一度しか会えないんです」

「さよならの国のことを教えてくれた人も、一度しか会えないんだって言ってました。一度しか会えないってよいものなんですか？」

「もう二度と会えないってことなんです」

「もう二度と会えない」

「この人とはもう二度と会えないって思いながら人と接すると、私たちはその時間をとても大切にするんです。後悔のないように、選び抜いた言葉で、完璧な関係をとろうとするんです」

「そんなものなんでしょうか」

「例えば誰かと死ぬ間際に会うとします。言葉をひとつひとつ選びますよね。もう二度と会えないんですから」

「そうか」

「ほら、さよならの国が見えてきましたよ」

さよならの国は、さっきまで僕がいた世界と、ほとんど同じに見えた。タラップを降りると、少し湿ったデッキも同じだ。

さっき話しかけてきた男性が、「右手の方に行くと、街がありますよ。じゃあここで、さよなら。もう二度と会えないけど」と言って、暗い左手の闇の方に歩いていった。

船に乗っていた他の乗客たちも降りてきて、みんなそれぞれ慣れた足取りで自分の道を歩いていく。

僕は右手に行くことにした。しばらく歩くとやっぱり僕がいた世界と特別変わったところのない街がある。酒場、本屋、映画館。目に付いた喫茶店に入ってみた。

奥に細長いウナギの寝床状態の喫茶店は、長いカウンターがひとつあるだけで、お客さんは誰もいなかった。カウンターの中の初老の男性が、「お好きな席にどうぞ」と言った。

入り口に一番近い席に座り、メニューを眺め、温かいカフェオレを注文した。すると、カウンターの中の男性が僕の顔を見て、僕の名前を呼んだ。その人は、小さいときにいなくなった父だった。

「父さん……」

父さんは「そうか。おまえも、この国に来るような歳になったか。元気そうでよかった」とうなずいた。

僕はあの時、父さんをみんなで探したこと、もう死んでしまったとあきらめてしまったこと、母さんが泣いていたことなんかを言おうと思ったのだけど、たぶんそんなことはわかっているだろうと気づき、カフェオレが出てくるのを待った。

カフェオレはすごく美味しかった。僕は父がこんなにコーヒーをいれるのが上手だなんて知らなかった。

「父さんはどうしてこんなところで喫茶店をやっているの？」

「父さんはすごく弱いんだ」

「どういう意味？」

「どこかで死のうと思ったけど死ねないし、ひとりぼっちで暮らしていくこともできない。誰かと会って話したいけど、その関係をずっと続けていくのはつらい。ここだと一度会ってしまえば、もう二度とその人と会わなくていい」

「二度と会わなくていい」

「もう二度と会えないっていいものだ。仲良くなって話しても、その人はもう二度とこのお店には来ない。一度きりなんだ」

「母さんには会いたくないの？」

「母さんは一度この店に来てくれた」

「本当に？　いつのこと？」

「十五年前だ。父さんが消えてから、すぐにここを見つけだし、一人でコーヒーを飲みにきた」

「知らなかった」

「父さんのことは死んだことにするって寂しそうに微笑んだ。父さんもその方がいいって返したよ。父さんはすごく弱いって、母さんはわかってくれてるから」

「僕の話は出た？」

「出なかった。父さんが弱いのを知ってるから」

「弱い、弱い、そればっかりだ」
「そう。本当にくだらない父親で悪かった」
「うん。本当にそう思う」

「ところで、店には閉店時間がある」
「あ、この店の閉店時間は？」
「もうそろそろなんです。お客様」

僕はお会計をすませ、父に「さよなら。もう二度と会えないね」と告げて、外に出た。後ろを振り返ると、父の喫茶店は消えてなくなっていた。

もう二度と会えない、弱い父さん。

船で出会ったあの男性は、「もう二度と会えないとわかっていると、言葉をひとつひとつ大切に選んで、完璧な関係になる」と教えてくれた。

父さんは、「もう二度と会わなくていい」と言っていた。

その人とは一度しか会えないっていったいどういうことなんだろうとしばらく歩きながら考えた。

僕がいた世界は、会いたくなったらまた連絡をとれば会うことができた。ずっと関係を続けていくこともできた。

でも僕がいた世界も、本当はほとんどの場合が人は一度しか出会えない。

人と人は「これが最後の言葉だ」とは思わずに、その人とは二度と出会えずに、それっきりになってしまう。

一度しか会えない完璧な人間関係

さよならの国では、人と人は一度しか出会えない。一度会ってしまったら、もうそれでお別れで、二度と会うことはできない。

それで、さよならの国の人々は「出会った瞬間」をとても大切にした。言葉を選び、時間を大切にして、二人がどうして出会ったのか、今までお互いどんな人生を歩んできたのか、そしてこの出会いがとても素敵な思い出になるように、その瞬間を二人で温めた。

暗い夜道を歩いていると、雨が降ってきた。僕は婦人服店のショーウインドウの軒先で雨宿りをした。ショーウインドウの中では赤いドレスを着たマネキンが無表情で遠くを眺めていた。

その軒先に、黄色のワンピースを着た女性が雨宿りのために入ってきた。彼女の髪の毛は亜麻色のボブでアーモンド型の瞳をしていて、僕に少しだけ会釈をした。

僕も会釈をして顔を上げると彼女と目があった。僕と彼女が同時に「雨ですね」と口に出してしまって、僕たちはまた目をあわせ、笑った。

僕は彼女のことをとても好ましく感じていて、僕はそんなに自信家というわけではないのだけど、彼女の方も僕に好意を持ってくれていることがなんとなくわかった。

彼女は「旅行中ですか?」と会話を続けてくれた。

「わかりますか?」

「ええ」

「さよならの国っていいところだって聞いたんで」

僕は彼女の手に絵の具がついているのを見て、「絵を描いているんですか？」と質問した。

彼女は「はい。普段の仕事は本のちょっとした挿し絵が中心なんですけど、大きいサイズの油絵を今は描いていて」と言ってちょっと誇らしそうな表情を見せた。

「あなたはどんな仕事をしているんですか？」

「雨工場で働いています。今、僕たちの目の前に降っているような雨を作っているんです」

「じゃあこの雨も、あなたの工場で作ったのかもしれないんですね」

「そうかもしれないです」

「雪は作らないんですか?」

「雪は別のラインで作ってます。雪のラインは寒いから防寒着をつけなきゃいけなくて。もちろん霧や霰《あられ》を作ってる人たちもいます」

「面白そうな仕事ですね」

「本当は小説を書きたいんです。夜の闇になってしまった王様の話とか考えたのですが、あまり才能がないみたいで」

「才能ですか。私もそのことはよく考えるけど、とにかく最後まで書くことが良いんじゃないかなって思います」

「油絵はどんな絵を描いているんですか?」

「今まで出会った人たちの姿を描いているんです。あの人はこんな服を着て、こんな表情で話してたなって思い出しながら一人一人を一枚のキャンバスに描いてます」

「一枚のキャンバスだと、絵が人でいっぱいになってますよね」

「はい。五分しか話さなかったけど、いい人だったなとか、あの人とは確か一緒に海を見ながらサンドイッチを食べたんだっけとか思い出しながら描いてます。キャンバスに私の思い出の人たちがあふれてますよ」

「そうですか」

「もう会えなくても思い出として描きとめておきたいなって思って」

「僕もそのキャンバスに描いてもらえるんでしょうか？」

「もちろんです。この雨も描きますよ」

「僕のことが誰かの絵の中にずっと残っているなんて嬉しいです」

「でも、あなたがいつか書く小説の中にもいろんな思い出を入れられますよね」

「そうだ。僕も君のことを小説の中に書きます。そうか、書き残したいことがあれば小説は進んでいくんですね」

「もう二度と会えなくても、私はあなたの小説の中に残って、あなたは私の絵の中に残る」

彼女は少し微笑むと、自分の腕時計を見て、「そろそろ、元の世界へ戻る船が出る時間が近づいてきましたね」と告げた。その彼女の言葉が聞こえたように、ちょうど雨が上がった。

二人はショーウインドウの軒先にいる理由がなくなった。

二人にはお別れが近づいていた。

僕は彼女に、僕の彼女への好意みたいなものを伝えてみようと思ったのだけど、もう二度と会えないから言うのはやめにした。

彼女も何か言おうとしたようだけど、「ううん。なんでもない」と首をふった。

二人はこの出会っている瞬間をあたためた。

そして二人にはお別れが近づいていた。

さよならの国では、人と人は一度しか出会えない。一度出会ってしまったら、もうそれでお別れで、二度と出会うことはできない。

一生に一度しか恋ができないとしたら

あなたは恋をしたことはあるでしょうか?

たまに会うあの人のことが気になってしまう。あの人に恋人はいるのだろうか、どんな生活をしているのだろうか、誰かとデートはしているのだろうか、あの人のことが気になる。

あの人を偶然見かける。あの人は誰かと一緒に楽しそうに笑っている。どうしてあの人は自分に向かって笑ってくれないんだろう。どうすればあの人は自分に笑いかけてくれるんだろう。

そして、「しまった、これは恋だ」、と気がつく。

恋をするって、苦しいものです。

さっきまでは、いつもと同じ普通の日々だったのに。さっきまでは、今日は何を食べようかなとか、こんど給料が入ったら何を買おうかなとかって考える日々だったのに、恋をしてしまうとずっと、あの人が頭の中から消えません。

あの人は今どうしているんだろう。あの人は今どこにいるんだろう。あの人は今誰といるんだろう。

あの人に会いたい。少しだけ話して少しだけ笑いあいたい。あの人に会いたい。
そんな風にあなたは誰かに恋をしたことはありますか？

その国では「恋は一生に一回しかできない」という決まりになっていました。

「そんな決まりがある国があるの？」とあなたは疑問に思うでしょう。しかし、どの国にも恋の決まりがいろいろとあるのは、あなたもご存じのはずです。

結婚してしまったら、相手の人以外と恋をしてはいけない国。
同時にたくさんの恋をしてはいけない国。
同じ性別の人に恋をしてはいけない国。
恋をした相手とはまず結婚できない国。
恋の決まりは国によっていろいろと違うものです。

そして、その国では「恋は一生に一回しかできない」という決まりになっていました。

あなたにとって、恋とはどんなものでしょうか。

すぐ簡単に恋をしてしまう人もいれば、めったに恋をしない人もいます。

恋が楽しくて楽しくてゲームのように最初から最後まで味わう人もいれば、恋があまりにも苦しくてずっと抱え込んでしまう人もいるでしょう。

でも、その国では、恋が一回しかできないんです。

そしてあなたもご存じのように、誰かの一回だけの恋が両思いになることなんてめったにありません。もし誰かが、世界中の恋を何億と集めてみたら、ほとんどが片思いのはずでしょう。

何億もの恋の中の、ほとんどが片思い。

その国でもやはり、ほとんどの人たちが片思いの恋をしてしまいました。子供が小さい頃から、お父さんやお母さんが、そして学校でも、こう教えました。

「私たちの国では恋は一回しかできないから。そしてその一回の恋のほとんどが片思いに終わってしまうから、ちゃんと考えて、本当にこの相手でいいのかどうか見極めて、恋をしなさい。いいかい。簡単に恋をしてはいけないよ」

もしあなたがそんな風に大人に注意されたらどうでしょうか。恋をしてしまいそうなときに、その恋は止められますか？

そうなんです。その国の子供たちは、思春期になって周りの異性が気になり始めるような大人の入り口に立ってしまうと、ついついうっかりと気になるたった一人の誰かのことを思ってしまい、結局恋をしてしまうんです。

そしてその初めての恋のほとんどが片思いなので、その恋は何も始まらないまま終わってしまいました。

あんなにお父さんやお母さんや先生に言われていたのに、結局は一生のうちにたった一回しかできない恋を、片思いのままで終わらせてしまうのです。

しかし、その国の人たちは、恋は一生のうちにたった一回だったので、それが片思いの恋であっても、自分の恋をいとおしく思い、大切にしました。

その国のほとんどの人たちにとって「恋とは片思いのことであり、その片思いを死ぬまでずっと大切にすること」だったのです。

それでもその国の人たちは人口が減り、国が滅んでしまうのを避けるため、結婚を奨励しました。

違う人に恋している片思い同士の男女を無理矢理結婚させたというわけです。

国民のほとんどが両思いの結婚ではなく、他に片思いの恋をしているのに結婚という状態だったので、みんなは「結婚とは、家庭とは、そういうものだ」と、納得していました。

結婚相手同士が「他に片思いの相手がいる」のが普通だったのです。

片思い同士で結婚した夫婦は「あなたはどんな人に恋をしているの？」と新婚旅

行や新しい住まいの食卓で話しあいました。

そして、片思いの相手の写真を見せて、「僕が恋しているのはこんな女性なんだ」「私が恋している男性はこんなに素敵なの」と、お互いの片思いの相手を自慢しあいました。

そして二人は「片思いってつらいね」「僕らの子供にはこんなつらい恋はさせたくないね」と言って、冷たいベッドの上でそっと抱きあいました。

冬は去ったのに春は来ない

『季節の変わり目駅』で冬が何度も時計を見ながらイライラしている。
「ほんと、あいつはいつだって時間ぴったりに来たことないんだ。
俺がこのままここにずっといると困るやつらがいっぱいいるんだからな。
世間のみんなはまさか春が遅刻常習犯だなんて知らないと思うんだ。
たぶん俺が意地を張って、いつまでも居座り続けて、可憐な春を困らせているって想像しているんだ。

言っておくけど、桜のつぼみがピンク色になってから一週間もたっているのは一番俺が気にしているんだからな。

つくしが雪の下でずっと我慢しているのも知っている。

さっきなんて北風が『もう疲れちゃったから早く家に帰らせてよ』って俺のところに文句を言いにきやがった。

あのねえ、俺のせいじゃないの。

春が遅れてるの。

あいつ、今度こそガツンと言ってやるんだ。

今度遅れたりしたら俺もう先に帰っちゃうからなって。

冬が去ってるのに春が来てない不安定な季節なんて最悪だろって」


すると春が走りながらやってきた。


「ごめんなさい。すごく待ったでしょ。

どの服にしようかな、やっぱり明るい色の方がいいかなって悩んでたらあっと言う間に約束の時間が過ぎちゃって。

怒ってる？」


「いや。そんなことないよ。

桜を困らせるのって結構楽しいんだ。

その服、春に似合ってるよ」

冬が答えると世界が春になった。

身代わりになった女の子

ずっとずっと大昔は、魔法使いの国と人間の国は、はっきりと分かれていました。人間たちが困ったときだけ、魔法使いの国に行って、お願い事をしたり助けてもらったりする関係だったそうです。

しかし、人間が少しずつ知恵をつけて、大きな戦争を繰り返し技術が進み、魔女狩りが行われて、魔法使いの国はなくなってしまいました。

少しだけ残った魔法使いたちは、人間の姿になり、人間の世界で暮らし始めました。ええ、もちろんあなたのそばにも魔法使いたちはたくさん暮らしています。

ときどき、あなたの周りでも、不思議なことが起こるでしょう。こんな場所で出会うはずなんてない人と偶然出会ってしまったり、大きな事故でみんな亡くなってしまったのに、なぜか一人だけ無傷で助かったり。それはみんな魔法使いのしわざです。

でも、魔法使いたちは自分が魔法使いだということは、決して人間には教えません。それを知ると、人間は怯え、また魔女狩りにあってしまうのを知っているからです。

その女の子も、自分が魔法使いだということはずっと隠していました。

学校に遅刻しそうになってもホウキに乗ったりしません。ちゃんと人間のように自分の足を使って走って、ときには遅刻して先生に叱られました。苦手な跳び箱の授業も、魔法を使えば跳べたはずですが、自分の身体で跳んで失敗しました。勉強もそんなに得意じゃなかったので、たまに居残りになることもありましたが、ちゃんと普通の人間の女の子のように行動しました。

そんな魔法使いの女の子があるとき、人間の男の子に恋をしました。

魔法使いの女の子が恋をした相手は、同じクラスの男の子で全然目立たないタイプでしたが、彼がひとつだけ夢中になっているものがありました。

星です。夜空に浮かぶ星が大好きで、週末の夜になると自宅の裏の丘の上で、朝が来るまでずっと天体望遠鏡をのぞいていても飽きないような男の子でした。

「いつか新しい星を見つけて僕の名前をつけるんだ」というのが男の子の口癖でした。

魔法使いの女の子はある日、ママの部屋から水晶をこっそりと借りてきて、自分の部屋で、その男の子の未来を占ってみることにしました。

もしかして自分の片思いがいつか両思いになる日が来るんじゃないかと期待したのです。

すると、とんでもないことがわかりました。

三日後の土曜日の夜に男の子が丘の上で星を眺めていると突然、嵐がやってきて、雷がその男の子に落ちるらしいのです。

魔法使いの女の子は、次の日、学校に行くと男の子を教室の外に呼び出して、「一生のお願いがあるの」と言いました。

男の子は「どうしたの？　突然」とびっくりしました。魔法使いの女の子は「三日後の土曜日の夜、いつもの丘の上に星を見に行こうと思ってる？」と聞きました。

「うん。今、ついに新しい星が見つかりそうなんだ。この土曜日はお弁当を持って、朝までずっと新しい星を探すつもりだよ」

「一生のお願いなんだけど、その日だけは行かないでほしいの。金曜日はいいし、日曜日もいいけど、その土曜日だけは行くのをやめてほしいの」と魔法使いの女の子は懇願しました。

「どうして？」と聞く男の子に、「訳は言えないけど、その日だけはやめて」と繰り返しました。
男の子は「うーん」と不機嫌そうな表情をしました。

そして土曜日の夜がやってきました。
男の子は魔法使いの女の子の言葉がずっと気になっていたのですが、夜空を見ると、いてもたってもいられなくなり、ちょっとだけならいいかなと思い、天体望遠鏡を抱え、裏の丘の上へと登っていきました。

いつもの定位置に陣取って、天体望遠鏡を固定すると男の子は魔法使いの女の子の言葉なんてすっかり忘れてしまって、広い広い夜空を見始めました。

数時間が経過し、真夜中の十二時をこえた頃でしょうか。さっきまで星が輝いていた夜空が突然暗くなり、ぽつりぽつりと大粒の雨が降り始めました。

男の子はそこで真っ直ぐ家に走って帰れば良かったのですが、ただの通り雨だと思ったのでしょう。近くの大木に寄り添ってその雨が過ぎ去るのを待ちました。しかしそれはただの通り雨ではなく、大嵐だったのです。

「おかしいな。まだ雨が降り止まないな」と男の子が思っていると、すぐ近くに「ダーン！」と大きな雷が落ちた音がしました。

男の子はびっくりしましたが、かすり傷ひとつなく無事でした。

そのとき、空から黒こげになったホウキが落ちてきたのです。あたりは真っ暗で大雨が降り続けていたので、男の子は全くそのホウキに気づきませんでした。

その日、夜空に星がひとつ増えました。魔法使いの女の子は雷に打たれて星になったのです。

それから十五年が経過し、男の子は宇宙研究所に籍を置き、ついに新しい星を発見しました。星の名前はなんと、あの魔法使いの女の子の名前でした。

新星発見の記者会見で、新聞記者から「その星の名前はどういう由来なんですか?」と聞かれて、男の子はこう答えました。

「昔、好きな女の子がいたのですが、ある日突然いなくなっちゃったんです。その後すごく探したのですが、見つからなくて。それでいつか新しい星を見つけたとき、その女の子の名前を付けると、どこかでその子が、僕がついに新しい星を見つけたんだ、って気づいてくれるかなって思って」

その日、夜空のある星が少しだけ涙を流しました。

遠くまで行ったら戻れない

彼女が紙コップのようなものを差し出した。
彼が不思議そうな表情をすると、「これ、耳に当ててみて」と言った。
「こう?」と耳に当てると、「そう」と彼女は微笑んだ。
「ほら、これ」と彼女は同じような紙コップを見せて遠くに走っていった。

そうか、これは糸電話なんだと彼は気づいた。

彼女はもう見えない。

かなり遠くまで行ったようだ。

彼は耳に紙コップを当てたまま彼女の一言目を待っている。

何も聞こえない。

いや、正確に言うと、彼女が走っている靴の音と彼女の「ハッハッ」という息が聞こえてくる。

彼はちょっと不安になってくるけど、しばらく耳に当てたまま待ってみる。
彼女が突然立ち止まる音が聞こえる。

そして紙コップから「ねえ、魔法って信じる?」という声が聞こえる。

彼は紙コップを口に当てて答える。

「いや、そういうのはあんまり……」

「そう答えるってわかってた。
いつもあなたはそうだもん。
でも、不思議じゃない。
糸がないのに私たち話ができているの」

「ほんとだ。あ、これ新種の携帯電話？」

「なるほど、そんなリアクションかあ。残念」

「残念？」

「私、あなたに恋の魔法をかけたの。
今日がその魔法が消える日なの。
私たち、魔法なんてなくてもうまくいくと思ってたんだけどなあ」

「え、どういうこと？」

「ごめん、もう遠くまで来ちゃった」

夜の闇になった王様の恋

世界中の夜を集めさせた王様がいた。

王様は自分が醜いと信じていた。

この世界に完璧な美しさというものはない。美の基準は時代によっても地域によっても違う。ときには相対的でもあり、個人的な体験でもある。

人は誰か他の人に「あなたは美しい」と言われて、初めて自分の美を知る。

美しさは、この世の中にはどこにも存在しない。誰かが「美しい」と感じたときだけ、その人の心の中に「美しさ」が発生し、それを他の誰かに告げた瞬間に、その言葉を聞いた人の心の中に「美しさ」が伝染する。

王様がまだ四歳で王子だった頃、母が父に「あの子がもうちょっときれいな顔をしていれば」と言っているのを耳にした。

四歳の王子は自分の部屋に戻って、鏡の中の自分を見た。昨日も一昨日も見たはずのいつもの自分の顔があった。いつもどおりの自分だ、この顔はきれいじゃないのだろうかと思った。そう悩んでいる四歳の王子の顔はとても悲しそうだった。

それから五年後、王子が九歳の時、二歳年下の妹が、妹の友達に「私の兄はいずれ王様になるんだけどもっとかっこよかったらなあ」と話しているのを耳にした。

王子はまた自分の部屋に戻って、鏡の中の自分の顔を見た。王子はもう九歳になっていたから周りの大臣の息子や、騎士の息子たちを見て、自分はもしかして醜いのではと感じ始めていたのだが、やはりそうなのかと思い自分の顔を見た。鏡の中の自分は何かをあきらめ始めている表情をしていた。

王子は母と妹が自分のことを深く愛してくれているのをわかっていたので、二人が自分のことを醜いと思っていることが少しずつ王子の心の中に沈殿していった。

やがて王子は青年になり、近隣諸国の王侯貴族が集う夜会に出席することになった。

夜会は隣国である花の国の城で行われた。花の国の人たちは王族から国民すべてがそれぞれ何か花のモチーフをあしらった服を着ることになっていた。

王子も何かひとつ花を選んで、そのモチーフの服を着て夜会にいどまなければいけなかったので、自分にはどんな花が似合うのか、妹に相談してみた。

妹はしばらく考えた後、「お兄さんには金木犀《きんもくせい》が似合うんじゃないですか」と提案してくれたので、王子は家来たちに「金木犀がモチーフの夜会服を作ってください」と告げた。

深い緑と焦げ茶色が基調で、ところどころ小さなオレンジ色の花びら模様があしらわれた燕尾服《えんびふく》はなるほど、王子によく似合った。王子が歩いた後は少しだけ金木犀の残り香がただよった。

王子は生まれて初めて、自分の装いに自信のようなものを持ち、花の国の城へと向かった。

花の国の城の入り口には桔梗《ききょう》がモチーフの青と緑の制服を着た近衛兵が十人くらい整列していて、王子と妹が入場すると静かに敬礼した。

夜会の会場である大広間では、各国の王侯貴族たちが色とりどりの花のモチーフの燕尾服やイブニングドレスで着飾り、話に花を咲かせた。

妹はさっそく知り合いの姫たちを見つけ恋の話や噂話を始めたが、王子はこんな華やかな場所が初めてだったので、勝手がわからず花びらがちりばめられたカクテルを片手に、壁にもたれかかり美しい人たちが談笑するのを眺めた。

やがて楽団がセレナーデを奏でだすと、大広間の奥の大きな扉が開き、花の国の王様と、その姫が登場した。王様はこの国の象徴である青いバラのコートを着て、低く落ち着いたよく通る声で地域の平和と発展を祈り、夜会が初めてである姫を紹介した。

姫は白い柔らかな素材のドレスを着ていて、みんなが「何の花だろう」と考えると同時に、あたりにクチナシの香りがただよった。クチナシの姫は恥ずかしそうに、今夜集まってくれた人たちへの感謝の言葉をのべ、そして白いクチナシのドレスのすそを広げ、深々と頭を下げた。

その瞬間、大広間にいる多くの王子や騎士たちがクチナシの姫に恋心を抱いた。

壁際でそれを眺めていた、自分のことを醜いと信じ込んでいる金木犀の王子も恋をした。そして王子にとってそれが最初で最後の恋だった。

クチナシの姫はすでに盛り上がっている夜会の中に入っていき、その夜の新しい花となった。

クチナシの姫の周りには多くの若者が集まり、それぞれの国のしきたりで自己紹介をした。一目でひまわりとわかる服を着た遠い南の国の王子がクチナシの姫を踊りに誘った。


楽団がワルツを奏で始めると、それにあわせてクチナシの姫とひまわりの王子が踊り始めた。おとなしそうに見えたクチナシの姫は意外にも、プロの踊り子も顔負けのステップを踏み、周りからは感嘆の声があがった。ひまわりの王子も負けていなかった。南の国で流行っているのであろう新しいステップで姫に応え、ワルツは二人をさらに盛り上げた。

音楽と踊りが終わると、クチナシの姫のところには各国の華やかな姫たちが「わっ」と集まってきて、今踊ったステップや着ているドレスについてや今まで恋をしたことはあるのかといった質問を次々に口にした。

金木犀の王子はその姿を壁の方から眺め、まるで夢を見ているみたいだと思った。クチナシの姫が笑ったり、みんなにステップを教えたりしているのを見て、こんな女性が世の中に本当に存在するんだと思った。

金木犀の王子は、ただただクチナシの姫を眺めているだけだった。まさか彼女に話しかけようなんてことは思いつくはずがなかった。彼女が笑い、彼女の笑顔に呼応するように彼女の周辺が光り輝くのを見ているだけでため息が出た。

楽団が夜会の終わりを告げる音楽を奏で始めた。夜会に参加した王侯貴族たちは、それぞれに挨拶をし、握手を交わし、大広間の外へと向かった。

妹が金木犀の王子を見つけ、「帰りましょうか」と声をかけた。王子は「そうですね」と答え、クチナシの姫を最後にしっかりと見て、心に刻んだ。

そんな姿を見た妹は、王子のクチナシの姫への恋心に気がついた。妹は「クチナシの姫が気になるのなら、最後にお別れの挨拶でもしてきたらどうですか。なんなら私が間に入ってあげましょうか」という言葉が喉元まで出かかったのだが、こらえた。王子が、クチナシの姫と上手に話せるとは思えなかったし、もし話せたとしても、王子がこれ以上クチナシの姫に本気になっても、恋が成就しないのは目に見えていたからだ。妹として兄の王子が苦しむのは見たくなかった。それは妹の優しさだった。

二人は無言のまま城を出た。馬車に乗っても王子は一言も話さなかった。妹は「やっぱり花の国の夜会は華やかですね。お兄さんのその金木犀の服、良かったんじゃないですか。また今度来るときもその金木犀の服にしましょうか」と言った。王子は妹の方を見て、「そうですね」と少しだけ笑った。しかし王子がその花の国の城を訪れることは二度となかった。

自分の国の城に戻ってきた王子は自分の部屋のベッドに寝ころんで目を閉じ、クチナシの姫のことを思った。彼女がドレスのすそを持ち頭を下げた瞬間のこと、彼女がワルツにあわせてステップを踏み始めたときの表情、思い出せる限りの彼女の笑顔や上品なしぐさを頭に浮かべた。

クチナシの姫は、王子の心の中で何度も何度も笑って、ワルツにあわせて踊った。王子が目を開けると彼女は消えて、ベッドから見上げる天井があった。王子は大きなため息をついて、どうしようもないんだと思った。

またいつもの日々が始まった。

王子は食事をしているときも、大臣たちと国の政治や公共事業のことを話している間も、ぼんやりとしていて、周りが何を聞いても、「ええ」とか「はい」とか答えるだけだった。

元から引っ込み思案なところはあったが、どんな会合でも真面目に人の話に耳をかたむけていた王子を知る周りの人たちは、とても心配になった。

妹だけはその理由がわかっていた。しかしその理由をみんなにあかしたところで、王子の気持ちが変わるわけでもない。あるいはこの国の大臣たちがクチナシの姫を王子と結婚させようと画策しても、それは無理な話だということもわかっていたので、妹は何も言わなかった。

そして、クチナシの姫の結婚が決まったという話が、王子の耳に入ってきた。その話を聞いた王子は、しばらく言葉を失ったが、やがて気を取り直した。

彼女の結婚が決まったのなら、喜ばなきゃいけないはずなのに、それで落ち込むなんて。まるで自分は彼女との結婚を心のどこかで期待していたみたいだ、そんなありもしない夢みたいなことをどうして自分は心の片隅にでも思っていたのだろう、自分はこんなに醜いのに、と王子は反省した。

クチナシの姫の結婚が決まってから、妹が気を利かせ、王子のところに、他の国の姫との結婚の話をいくつか持ってきた。

しかし、王子はすべて断った。

妹が王子の部屋にやってきてこう問いつめた。

「結婚の話、全部断ってるそうじゃないですか。お兄さんはいずれはこの国の王様になるんですよ。いったいどういうつもりなんですか？」

王子はこう答えた。

「私の妻になる女性はかわいそうです。彼女たちも政略結婚だということは理解しているると思いますが、こんな醜い男の妻になって一生を共に暮らそうとは願っていないでしょう。私はこのまま独身で過ごします。私の次の王の座は、あなたにたくします。そしてもしあなたにお子様が出来なければ、誰か優秀な人間をこの国の中から選び、その者をその次の王にしましょう」

王子の真剣な表情を見ると、妹は何も言えなかった。

「申し訳ありません」と王子が言うと、妹は部屋を後にした。

王子は久しぶりに鏡の中の自分の顔を見た。そこには以前より、少しだけ表情の明るい青年の顔があった。

父が死に、王子は王様になった。

王様になると、周りの大臣たちに、自分は結婚はしないということ、自分の次の王は、妹か、あるいは妹の子供か、あるいはこの国の中の優秀な人間を選ぶことにしようと思っている、と伝えた。

大臣たちはそれぞれが反対意見をのべたが、王様はそれを制し、「もう決めたことです。申し訳ないがこれは私の初めての王としての命令です。みんなわかってください」と告げて、自分の部屋に戻った。

その夜から、王様は詩を書き始めた。

自分の部屋に閉じこもり、すべての灯りを消した。目を閉じると、暗闇が増し、王様は自分の心の中だけを見つめた。浮かんでくるのは、クチナシの姫のあの笑顔ばかりだったのだが、やがてそのクチナシの姫の面影が夜の闇の中にとけ込み、王様だけの言葉が浮かび上がってきた。

王様は、その自分だけの言葉を拾い上げ、夜の闇の中に自由に、そして大胆に並べていくと、やがて小さな詩になった。王様は正直なところ、ホッとした。彼女の面影が王様の心の中をずっと支配していたのだが、その面影を夜の闇の中にとけ込ませ、それを言葉にして、小さいながらも詩というものにすると、心が少しずつ晴れていくのがわかったからだ。

その初めてつくった小さな詩を、暗闇の中で紙に書き留めた。

王様の小さな詩は、直接的ではなかったがクチナシの姫への恋の詩だった。

もう結婚している女性への片思いなんて醜いものだ、こんな風に自分に一方的に思われても、クチナシの姫は気持ち悪いだけだろうと王様は最初のうちは思っていたが、詩にすると、片思いは透明で静かになった。

王様は、初めてつくった詩を何度も口ずさみながら、夜の闇の中に心を戻し、やがて眠りについた。

王様が次の日の朝に目を覚まし、机の上にある紙に書いた小さい詩を読むと、昨日の輝きが少し失せていることに気がついた。昨日は確実にあのクチナシの姫の笑顔が王様の詩の中に感じられていたのに、今、目の前にある詩の中のクチナシの姫は笑っていなかった。

朝食のとき、ため息ばかりついている王様に対して、妹がこう注意した。

「お兄さん、悩むのはいいけど、朝からそのため息はやめてもらえますか」

「ああ、ごめんなさい。昨日の夜、詩みたいなものを書いてみたんです。自分で言うのもなんですが、意外とよくできていて。でもさっき朝の光の中で読み直すと、どうもその詩が色あせてしまっていて」

「そうでしたか。そういうことでしたら、博士に相談してみればいいんじゃないですか」

この国には世界的にも有名な博士がいた。年老いてはいたが、博士はかつて全世界の飢饉《ききん》を助けた、日照りや害虫に強い新しい種類の小麦を作ったことでその名をとどろかせていた。

博士の専門は、光や風の力を集めて利用することだった。太陽の光を集めて動く機械を作ったときは魔法使いだと言われたこともあったし、世界中の風を集め始めたときは、ついに気が狂ったともささやかれた。

しかし国中の人たちが博士のことは尊敬していたし、王様も博士のことが大好きだった。

王様は博士の部屋へ行き、扉を叩いた。

博士は、ちょうど、月の光を集めてそれを電球にすると、人の心にどんな影響があるのかという実験の準備をしているところだった。

「すいません。突然、来てしまって。あ、作業は続けてください」

博士は「いえいえ。王様が私のところに訪ねて来てくれるなんて、まだお若いときに、『この国の貧乏な人をどうやったら豊かにできるんだ』って相談に来てくれたとき以来です。またこの爺に会いに来てくれて嬉しく思います」と笑顔を見せた。

「そう言えば、そんなこともありましたね」

「はて、王様、なにやらせっぱつまった表情をしていますが、何があったのでしょうか。この爺にできることでしたら、なんでも相談してください」

「そのことですが、博士、実は昨日の夜、私は部屋で詩を書いたのですが。夜の間はとても美しい詩だったのに、朝起きてその詩を読みかえすと、その詩が色あせていました。その詩を朝になってもずっと美しいままでとどめるにはどうすればいいのでしょうか？」

「夜ですね。王様、すべては夜なんです」

「すべては夜……」

「はい。恋もキスも愛の囁きも、すべては夜のせいです。そしてその思いは夜が濃くなればなるほど、純度が増していきます。

王様の詩をもっと美しくするには、朝になっても色あせない深くて濃い夜の闇がたくさん必要です。もし必要とあらば、この爺が世界中から夜を集めてみせましょう」

「世界中から夜を集める……。博士、それは助かります」

博士は助手たちを呼び、数式を書いた紙をそれぞれに手渡し、その数式の意味を解説した。助手たちは博士に「かしこまりました」と答え、王様の方に向き、「私どもが責任を持って世界中から夜を集めて参ります」と深々と頭を下げた。

その日から王様の部屋には世界中の夜が集められた。月の明かりもない砂漠の冷たくて乾いた夜、波一つない濃い群青色の大海原に冷たい雨が降りしきる夜、戦争が終わった後の廃墟の街の夜、さまざまな世界中の夜が王様の部屋に運ばれてきた。

王様の部屋の中の夜の闇は日々濃くなっていった。王様は暗闇の中でたくさんの片思いの詩を書いた。王様の心はやっと晴れわたってきた。クチナシの姫の面影は全て詩の言葉の中にとけ込み、苦しくて切ない気持ちや、自分の醜さのことも、少しずつ忘れ始めた。

その完成したたくさんの片思いの詩に、博士が世界一優秀な作曲家を遠い北の国から呼びよせて曲をつけさせ、世界一の歌い手を遠い南の国から呼びよせて歌わせた。博士にも、作曲家にも、歌い手にも王様の部屋の闇が毎日濃くなっていくのがわかった。

夜の闇が濃くなると王様の詩はさらに自由になれた。王様から言葉はあふれだし、作曲家がそれを拾い集め曲にして、歌い手が声にした。

ある日、王様の詩は翼を得て部屋の外にまで飛び出した。驚いたことに王様の詩は外の昼の光にさらされても美しさは消えなかった。王様は本物の詩人になったのだ。

王様の詩は、メロディーをたずさえて、国のいたるところに響きわたった。農作業をしている畑のあぜ道で、工場の機械を動かす人の手元で、陽の光を浴びた洗濯物のそばで、王様の詩は流れた。

国民たちは、その王様の片思いの詩を聞いて、私たちの王様がこんな美しい詩を書いたんだと聞きほれた。王様の片思いの詩は、国民たちみんなの心に響いた。

大臣や博士、そして妹も、王様の片思いの詩を聞いて、少し涙ぐんだ。

その国の人たちのすべてが、自分たちの王様が本物の詩人になったのをとても誇りに思った。

城中の人、すべての国民たちが、王様が世界中の夜を集めた部屋から出てくるのを待った。王様がみんなの前で、詩を朗読するのを待った。

しかし王様は昼の世界には出てこなかった。王様は夜の闇になってしまった。

王様が書いた詩も夜の闇になった。王様と詩が闇になった後、闇は部屋の外にとけだし、世界中に王様の詩は流れた。そして、あのクチナシの姫のところにも、王様の片思いの詩は少しだけ流れた。クチナシの姫は、それを聞き、なぜだかわからずに少しだけ涙ぐんだ。

世界中に流れた王様の夜の闇の片思いの詩。

料理と出会い人生を変える

その国では国民全員が、一年のうち半年間は料理人になる決まりになっていました。大工をやっている人も、銀行員をやっている人も、もちろん王様も、一年のうちの半年間は自分の仕事を休んで、朝から晩までせっせと料理を作りました。

料理の食材や調味料は、国から全部支給されました。みんな自宅の一部をレストランやカフェ、小料理屋さん風に改装して、それぞれが自分の得意な料理を作って、そこにお客さんを招きました。

すべての国民に、朝ご飯と昼ご飯と晩ご飯のチケットが配られたので、みんなそのチケットを片手に、自分の好みの誰かのおうちに通って、朝ご飯と昼ご飯と晩ご飯を食べました。

誰も自分では料理はしません。朝から家族でそろってお目当てのあの人の料理を食べるために電車に乗って出かける人たちもいましたし、朝ご飯は近所や職場の近くですますという人たちもいました。

生まれつき歌がうまい人や足が速い人がいるように、料理の才能も人それぞれです。とびきりの料理が作れる人もいますし、いつまでたっても不器用でそれなりな料理しか作れない人もいます。

でも、その国では全国民が一年のうち半年間は料理人になって、他の人たちに自分の料理を振る舞わなくてはいけなかったので、みんなあれこれと試行錯誤しました。

たくさんお客さまが来てくれたら、たくさんのチケットが入るので後で銀行で換金すればちょっとしたお金持ちになれたから、美味しい料理を研究する人たちもいました。

でも、先ほども申し上げたように、誰もが料理の才能があるわけではありません。基本的な料理を丁寧に作って、あとは室内の雰囲気やＢＧＭ、あるいは接客の会話なんかでお客さまを集める人もいました。

なにしろ国民全員が料理人になるのです。近所の顔見知りの人たちがお昼ご飯を食べにくることもあれば、わざわざ遠くから恋人たちがディナーを食べに予約を入れてくることもあります。

その国の国民たちは、丁寧に料理を作り、お客さまが「美味しい」というのを聞いて、良かったと胸をなで下ろすという生活を一年間の半分経験したというわけです。

自分たちが料理人をやっていない半年間の時期があります。今度はお客さん側です。朝ご飯や昼ご飯や晩ご飯のチケットが手元にあるわけですから、今日は何を食べようかなと思って、国から配られた全国民の料理のメニュー表を見ます。

あなたが、王様が作るオムライスを食べてみようかなと思ったとします。王様のオムライスは、やっぱり国民みんなが一度は食べてみたい料理なので予約をとるのが大変です。予約がとれたら王様がいるお城に行き、お城の中にあるキッチンに案内されます。キッチンの前のカウンター席に座っていると、王様が一生懸命オムライスを作っているのが見えます。王様のオムライスだからといって、食材が他の人より特別なわけではありません。食材は平等です。すべてはその料理人の腕とセンスです。王様はオムライスを作るとお皿に盛り、ケチャップをかけて、カウンターのあなたのところまで持ってきてくれます。王様が「お待たせしました」とお皿を出し、あなたも「いただきます」と挨拶をして、スプーンでオムライスをすくって口に入れます。王様はこちらの反応をこっそりと見ています。あなたが、「美味しい。美味しいです！」とつい言葉をもらすと、王様はこちらを見て、「ありがとうございます」と微笑みます。

王様が、「今日はどちらからいらっしゃったんですか？」と質問します。あなたは近くの村の名前を告げて、「実は私もたまにオムライスを出しているんです」と伝えます。すると王様は目を輝かせて「そうですか。それではあなたが料理人の側になったら、すぐにでもうかがいます。オムライスって人それぞれの味があって面白い料理ですよね」と嬉しそうに話します。あなたが「是非、お待ちしておりますす」と答えると、王様はウインクをして、また別のお客さんのオムライスを作り始めます。

王様の息子である王子は、食通として有名で自分が料理を作らない半年間は、国中の人たちが作る料理を食べて旅をしました。王子様だからといって決して偉そうにせず、慎ましい服装で、国民が楽しそうに料理を食べているのを隅っこで見ながら、ひっそりと食事をとるのが王子の喜びでした。

ある日のこと、海が見える丘にある一軒家で王子はお昼ご飯を食べました。そのおうちのお昼ご飯は、イカや貝がたっぷり入った魚介のサラダと、シンプルなミートソースのスパゲティだったのですが、王子はその美味しさに驚きました。キッチンの中を見ると、作っているのはショートカットで元気そうな若い女性でした。王子は帰り際にその女性に昼ご飯のチケットを渡しながら、「今夜もこちらで食事がしたいのですが、予約はできますでしょうか?」と聞きます。「はい。一席だけ残っております。是非お待ちしております」と彼女が嬉しそうに答えました。

王子は外に出て、その一軒家を振り返って眺めながら、「こんな美味しい料理を出すところがあったなんて知らなかった」と思い、しばらく近所を歩くことにしました。丘を降りて海の方に行くと、漁港がありました。もう昼過ぎなので漁港に人はあまりいませんでしたが、網を手入れしている漁師たちがいたので、王子は彼らに近づいて話しかけました。

「作業中のところすいません。僕、このあたりは初めて来たのですが、さっき丘の上の一軒家で偶然お昼ご飯を食べたらすごく美味しくてびっくりしました。やっぱり彼女はこのあたりでは有名な料理人なのでしょうか？」

一人の漁師が答えました。「ああ、あそこね。彼女も俺たちの仲間で漁師をやってるんだ。あの子の両親も漁師だったんだけど、あの子がまだ中学生のときに船が嵐にあって亡くなってしまってね。それからずっと一人きりでああやって毎日頑張ってるよ」

そうか。彼女はずっと一人で漁師をやってたんだ、と王子はつぶやきました。

王子はこの港町をゆっくりと回り、目についた図書館で時間を潰してから、時間通りに彼女の家に向かいました。夜はどんな料理が出てくるんだろう、イタリアンなのか、それともタイやベトナムの要素があるアジアンテイストなのか、といろいろと想像して期待していた王子の予想を見事に裏切った料理が出てきました。とろろがあらかじめかけてある麦飯に、海老で出汁《だし》をとったお味噌汁、ブリ大根、茄子ときゅうりのお漬物でした。それらは王子が今まで食べたどんな料理よりも美味しく感じました。海が近いから鮮度がいいのか、いやしかし、食材は平等なはずだから、それほど差はないはずだ、と頭で考えながら、王子はすべての料理を味わいました。

「すごく美味しそうに食べてくれるんですね」、女性が王子のそばに近づいてきました。

王子は女性を見て、「美味しいです。僕、この国中の料理を食べて旅するのが趣味なのですが、こんなに美味しい料理を作る人は初めてです」と答えました。

彼女は少し恥ずかしそうな表情を見せて、「ありがとうございます」と微笑みました。

王子は晩ご飯のチケットを彼女に渡しながら、「しつこいと思われるかもしれませんが、明日の朝ご飯も食べにきていいでしょうか?」と聞くと、「是非、お待ちしております」と彼女は答えて、ニコニコしながら頭を下げました。

次の日の朝、王子は嬉しそうな表情で丘をのぼり、また一軒家の扉を開けました。

中はもう近所の人たちで賑わっていて、王子は一番隅っこの席に座り、キッチンにいる彼女を見ました。彼女は王子の方を振り向き、「おはようございます。お待ちしておりました。飲み物はコーヒーか、カフェラテ、アールグレイ、ハーブティーから選べます」と聞きました。王子は少し悩み、「カフェラテでお願いします」と注文しました。

しばらく待つと彼女が大きなマグカップに入ったカフェラテと、三つペストリーがのったお皿を持ってきました。ペストリーはチーズがたっぷり入ったものと、ブルーベリーがたっぷり入ったものと、リンゴがたっぷり入ったものでした。彼女が朝焼いたばかりなのでしょう、まだ少し温かくて、外側はサクサクしていて生地も濃厚で食べ応えはしっかりあり、王子はまた「美味しい」とため息交じりにつぶやいてしまいました。

食べ終わりそうな頃合いを見て、彼女が王子の方に近寄ってきて「いかがですか？」と声をかけました。王子が「美味しいです。本当に美味しいです」と答えると、彼女は「ありがとうございます。私も作りがいがあります」と嬉しそうに返しました。

王子は、彼女にこう伝えました。

「僕、明日から半年間の料理人の期間に入るんです。だからもう今日の夜までには自宅に帰らなくてはいけなくて。また来年、こちらにうかがってもよろしいでしょうか」

「もちろんです。是非、お待ちしております」と彼女が元気に答えました。

王子は自分の心に気づきました。そうか、僕は彼女に恋をしたんだ。だからもっともっと親しく彼女と話をしたいと思っているんだ。彼女ともう少し話したい。できれば僕の料理を食べてほしい。しかし、王子には彼女を誘う勇気がありませんでした。

王子は朝ご飯のチケットを彼女に渡して、「ごちそうさまでした。それではまた来年」と伝えて、外に出ました。

王子はお城に戻り、家族たちに挨拶をすませ、明日からの料理人としての準備を始めることにしました。自分のキッチンに立ち、さて、僕はこれから何を作るべきなんだろうといくら考えても、彼女のことが頭から離れません。

お城には、小さい頃から王子に勉強や政治や料理を教えてきた女性の家庭教師がいました。王子は母や父には言えない悩み事なんかも全部彼女にだけは話していて、お互いが信頼し合っている間柄でした。

彼女がノックをして、キッチンに入ってきました。

「王子、さっき帰ってきたときからなんだか様子が変ですが、旅先で何かありましたか？」

王子は、自分ってそんなに顔に出てしまうんだ、これはもう彼女に話してしまおうと思い、こう答えました。

「よくわかりましたね。実は、漁港の町で偶然入った家の女性が作った昼食の料理が素晴らしくて、その後、ディナーも朝食も通ってしまったんです」

「王子は、その女の人のことを好きになってしまったんですね」

「そうなんだと思います」

「その気持ちは伝えましたか？」

「伝えてないです」

「自分が王子だっていうのは伝えましたか？」

「伝えてないです」

彼女は「ふー」と大きなため息をついて、こう告げました。

「王子、この国の女の子なら、王子様に見初められたって知ると、誰でも喜ぶと思いますよ」

「そうでしょうか。でも彼女にはもう恋人がいるかもしれないし。料理人じゃないときは漁師をやっているみたいだから身分が違いすぎるって言われるかもしれないし」

「とりあえず、『今度は僕の料理を食べに来てください』って伝えるべきでしたね」

「そう思ったのですが、その漁港の町からこのお城まですごく遠いから、ここまで来るのに、彼女、漁の仕事を休まなきゃいけなさそうだし」

また彼女は「ふー」と大きなため息をついて、こう聞きました。

「それでどうするつもりなんですか？」

「来年、また彼女のところに食べに行こうかなって思ってます」

「そんな風だと、彼女、その間に誰かと出会って結婚してしまうかもしれませんよ」

「まあそうだったら、そういう運命かなって」

「運命って自分で変えられるんですよ」

今度は王子の方が、「ふー」と大きなため息をついて、「明日の朝ご飯、考えなきゃ」とつぶやきました。

彼女は、「王子は意気地なしですね」と言って、キッチンを出て行きました。

王子は、意気地なしか、そうだな、自分って意気地なしだなと思い、よし、明日から美味しい料理を出すことに専念しよう、そして来年、彼女の料理を食べに行こう、そのとき、彼女がもし結婚していても、それは運命だからしかたない、運命なんてそう変えられるものじゃない、と自分に言い聞かせました。

次の日から始まった王子の料理は、以前と明らかに変わりました。今まで王子は食べる人を驚かせる凝った料理を得意としていましたが、それが限りなくシンプルな料理になりました。もちろんあの漁師の彼女の影響です。

王子の料理のファンは国中にいたので、予約が取れないことで有名でしたが、王子の料理が変わったと話題になり、さらに予約は困難になりました。

王子は彼女の料理を意識し、彼女のあの笑顔がいっぱいの接客を意識し、お客さんたちに接しました。王子のファンはますます増えて、遠くの国から王子の料理を食べにくるお姫さまたちも増え、「私と結婚してほしい」という声もたくさん寄せられるようになりました。

王子は父や母からも、結婚はどうするつもりなのか何度も聞かれたのだけど、「もう少しだけお待ちください」と伝えて、料理に専念することにしました。

ある日の昼食は、あのとき初めて食べた彼女の料理と同じメニューにしました。魚介たっぷりのサラダと、ミートソースのスパゲティです。

お客さまたちは、みんな王子の目の前で美味しそうに食べています。王子がお客さまたちに挨拶をしていると、突然あの漁師の彼女が入ってきました。彼女の髪型は、あのときと同じショートカットのままで、水色のワンピースを着て、白いスニーカーを履いています。

彼女は、王子を見て、あの笑顔を見せながらこう伝えました。

「料理を食べに来ました」

王子はかたまってしまい、しばらく何も言葉が出ません。

「私、楽しみでもうお腹がぺこぺこで」

「あ、失礼しました。こちらにお座りください。どうぞ。今すぐご用意いたしますので」

王子は大急ぎで、でもすごく心をこめて丁寧に、魚介のサラダとミートソースのスパゲティを作って、彼女の前に持っていきました。

彼女は魚介のサラダとミートソースのスパゲティを見て、「あ!」と驚きました。

王子は「はい。あのとき初めて食べたあなたの料理と同じものが今日のメニューなんです」と伝えました。

彼女はそれを一口食べると、「美味しい! すごく美味しいです」とつぶやき、ぱくぱくぱくぱくぱくとすべてを食べてしまいました。

王子が「すごく美味しそうに食べられるんですね」と聞くと、「すごく美味しいですから」と彼女は答えて笑いました。

「ところで、どうして僕がこの場所にいるとわかったんですか?」

「家庭教師の方が来てくれました。『私が王子の運命を変えるんだ』とかなんとか独りごとを言ってたので、『どういう意味ですか?』と聞いたところ、『それは王子の口から言わせます。とりあえず是非、王子の料理を食べてみてください。王子の料理ってすごく美味しいんです』って私の手を強く握るので、今日、漁の仕事を休んで来てしまいました」

王子はおもいきって彼女にこう告げました。

「実はあなたのことが好きで、あのときからずっと頭からあなたのことが離れないんです。もし、あなたに好きな人がいなければ、もしこんな僕でよければ、結婚を前提にお付き合いしていただけないでしょうか」

彼女は、びっくりしてフォークを落としてしまい「ガチャン!」と大きな音が響きわたりました。

王子が大慌てでそのフォークを拾っていると、今度は彼女の方がかたまっていました。

「あの、漁の仕事を続けたいというのでしたら、もちろん続けてください。僕があなたの漁港の町の方に引っ越します。僕はそこで王子の仕事を続ける、あなたは漁師の仕事を続けるというのでどうでしょうか」

「ああ、ええ、突然なことなので、どう答えて良いのかわからなくて、だってあなたは王子様だし」

「たまたま実家がこんな状況だから、たまたま王子をやっているだけです。料理の腕もあなたの方がずっと上ですし。いつでも僕はあなたの漁港の町に引っ越します」

「ああ、ええ。是非、私でよければ」

彼女がそう答えると、「おめでとうございます!」と家庭教師が扉を開けて入ってきました。家庭教師の後ろには王様とお妃様もいて、「うちの息子をよろしく」と彼女に伝えます。部屋中の他のお客さまたちも「おめでとうございます!」と立ち上がり、割れんばかりの拍手大喝采となりました。

それから数年後、王子と漁師の彼女が漁港の町で二人で作る料理は、世界中の人たちの憧れとなり、この国はいつまでも栄え続けることとなりました。

湖の底に戻ってこなければ

僕は二人乗りの小さいボートに一人で座っている。ベージュのチノパンに赤と緑のチェックのネルシャツ、黒に白いラインのアディダスのシューズ。鞄は持っていない。どうやら財布だけがチノパンの後ろのポケットに入っているようだ。

ボートは新しい。誰も使った形跡がないような新品で、足元の船底には僕の靴の汚れもついていない。僕はこのボートに乗るためにどこかから歩いてきたはずなのに、アディダスの裏側は汚れていない。

ボートは二人乗りなので、僕の向かい側に空いた席がある。そしてその空席が、誰もいない空白が、僕の心に少しだけひっかかる。おそらく誰かが座っているべきだけど、今は座っていないのだろうと理解した。

空は雲ひとつない青空が広がっている。気温は寒くもなく暑くもない。今が春なのか秋なのか、しばらく考えてみて、秋なのではないかと思った。空気が少し乾燥している気がするし、空の広がり方もたぶん秋だ。

僕は今まで何度も春の空と秋の空を見てきたはずなのに、これが秋の空だと確信はできない。春の空と秋の空を並べて比べたことがないからだろう。

春の空と秋の空をどうやって並べて比べられるかをしばらく考えてみたけど、思いつかなかった。

世界は静かだ。鳥の声は全く聞こえない。誰かがこの世界の音の消去ボタンを押したみたいだ。

穏やかな風が吹いてきた。少しだけ水面が揺れる。水がボートに当たり「パチャリ」と音がした。大丈夫、この世界の音は消去されていない。

あたりを見回すと三六〇度、すべてに陸地があるのでここは湖なんだと気づく。陸地はどれもが絵に描いたような緑の森だ。どこにもボートをとめるような場所はない。もちろんビルや住居、店舗のような建築物もない。

僕はボートの下を見る。水だ。穏やかな風で揺れている湖の水だ。

水は、悲しいほどに透き通っている。

僕は透き通った水のもっともっと底の方をのぞき込む。

湖の底には小さな街がそっくり沈められている。住宅街のようだ。車が一台通れる道があり、一戸建ての住宅や小さいマンションが並んでいる。交差点にはコンビニや美容院も見える。

驚いたことに街は少しも傷んでいない。

まるで今でも息をしているみたいだ。

目を凝らすと本当についさっきまで人が生活していたことがわかり始める。

交差点の赤信号で止まった宅配便の軽トラック。交差点を左に曲がろうとしている幼稚園の送迎バス。

マンションの三階の部屋のベランダに干したままの洗濯物。青いジーンズとコンバースのシューズがある。若い人が住んでいるのだろう。

公園の方に視線をうつす。小さい公園だ。大きい木が何本か公園を囲っていて、トイレがあり、その横に水道と砂場がある。ジャングルジムがあって、ブランコがある。揺れるブランコ。誰かがさっきまでこのブランコで遊んでいたんだ。

ジャングルジムで何かが動いている。湖の底の小さな公園のジャングルジムのてっぺんで小さい誰かがこちらに向かって手を振っているようだ。僕は目を凝らしてその小さい誰かをよく見てみる。

去年、病気で死んだ僕の息子だ。

湖の底のジャングルジムのてっぺんで、僕に向かって、息子がすごく楽しそうにこちらに手を振っている。

僕は息子が元気にしているのを見てほっとする。最後は病院のベッドで青白い顔をして、口に酸素マスクと腕に点滴をつけられて、とても苦しそうにしていたのに、今は楽しそうだ。

何か言わなきゃと思い、息子に向かって、「そっちは楽しいか？」と大声で訊ねてみる。

「うん！　楽しいよ！」と元気な答えが返ってくる。

僕はすぐさまボートから湖に飛び込んで、息子のところまで泳いでいきたくなったが、思いとどまる。

僕のためらいを息子は察したのか、不安そうな表情で「どうしたの？　こっちに来ないの？」と大声で僕に向かって聞く。

「ちょっとおうちに帰って、ママも連れてくるよ」と大きな声で息子に答える。

息子が、頭の上で大きな輪っかを作って、「ＯＫ！　じゃあ、おうちのゲームやおもちゃも持ってきて。こっちは何にもなくて退屈で」と笑顔を見せる。

「わかった。ゲームもおもちゃも捨ててないから全部残ってるぞ。ママも喜ぶと思う。ちょっとだけ、ちょっとだけ待っててね。すぐにまたママとここに戻ってくるから」と湖の底の息子に向かって大声で叫ぶ。

そして、このボートの空席は妻の席だったんだと気がついた。僕だけ湖に飛び込んで、息子に会いに行くと妻が悲しむだろう。

僕は息子に大きく手を振ってボートを漕ぎ始める。周りはすべてが緑の森で、どこにボートをとめて、どこから家に帰れるのかわからないけど、妻を連れてこなきゃと思った。

そして、息子が好きだったゲームとおもちゃもたくさん持ってこなきゃと思った。妻が「ゲームとおもちゃを捨てるのはまだやめて」と言って、僕を止めてくれて良かった。早く妻に会わなきゃ。そして息子が湖の底で元気にしていることを伝えなきゃ。

後ろを振り返って、ジャングルジムを見ると、息子が大きく手を振りながら、笑っているのが見えた。

他人の人生は決められない

その国では二十歳のときに、自分のこれからの人生をすべて決めなくてはならなかった。

自分が何歳で死ぬのか。自分は何回恋をするのか。それは何歳なのか。結婚は、子供は、相手は。自分の職業は何なのか。転職はあるのか。成功はするのか。その成功はどのくらいなのか。そういった人生のありとあらゆる分かれ道を、二十歳のときに決めなければならなかった。

そのため、その国では、二十歳になるまでに、学校をはじめとしたありとあらゆる機関が、人生設計について子供たちに多くのことを教えた。

職業の選択の仕方はもちろん、その仕事に夢中になるのが幸せなのか、それとも仕事はそこそこで趣味に打ち込むのが幸せなのか、あるいは独立や起業の興奮やプレッシャー、大金持ちになれば必ず幸せになるわけではないということなんかも教えた。

恋は多い方がいいのか、失恋は経験した方がいいのか、結婚や子供や家族について、多くのサンプルを見せて、自分にはどういうのが合うのか、何度も何度もシミュレーションをさせた。

一番の問題は寿命で、自分はいつ死ぬかを設定することだった。若い頃は太く短く生きるのが格好いいと考える者も多いので、六十代で死んだ人、七十代で死んだ人、八十代で死んだ人などの晩年の言葉を集め、自分は何歳までこの人生を続けるのが一番よいと感じるのか、何度も何度も考えさせた。

十代の後半になり始めると、親や友達と、「何歳くらいまで生きるのが幸せなんだろうね」とか「仕事ってどうやって選ぶの？」とか「結婚ってした方がいいのかな？」とか、語りあったが、結局は自分の人生だから、これは自分だけのことだから、自分で決めなくては、とみんなが自分の心の奥底を見つめた。

そして、二十歳の誕生日に国民それぞれが自分の人生を心の中で決めた。人生の道すじは人によって決めるポイントが違う。ある人は「二十五歳にお見合いで公務員と結婚する。二十七歳で息子が生まれる。三十歳に家を建てる。同時に犬を飼う。八十歳の夏に昨日まで元気だったのに突然心筋梗塞で死ぬ」という風に決めることもあるし、ある人は「美大に通い絵画で賞をとる。五年ごとに新しい恋をする。七十歳で好きな人に見つめられながら死ぬ」という風に決めることもあった。

二十歳に心の中で決めた自分の人生の詳細は、死ぬまで誰にも教えてはいけない、秘密にすることになっていた。なぜなら、自分の人生の詳細を他人に伝えると、世の中が混乱してしまうからだった。

これはその国のある男性の日記だ。

三月二十八日

息子の就職が決まり、明日からこの家を出て行くので、家族でお祝いすることになった。息子は就職しても研究を続けるようだ。大学院でもずっと研究漬けだったから自分の人生は研究にかけようと思っているのだろうか。

上の娘も弟の就職祝いをするために嫁ぎ先から帰ってきた。今日は娘の幼い子供は夫に任せてきたそうだ。息子の就職先と娘の会社は業界的に近いようで、専門的な話を楽しそうにしている。あんなに小さかった二人がこんなに立派になって、僕や妻に白髪が増えてきたのも当然だ。

家族四人で久しぶりに食卓を囲んだ。今夜はハンバーグとナポリタンと餃子とカレーライスという不思議な組み合わせのメニューだが、どれも息子の大好物だったものばかりで、家族四人で昔話に盛り上がりながら、狭い台所で作った。

四人で「懐かしいね」という話はするが、誰も未来の話はしない。これからこうしたい、こんな夢がある、なんて話はない。僕たちにとって未来はすでに自分で決めているものだし、それは誰にも言ってはいけないことになっているからだ。僕たちは、昔の話と最近の話ばかりを何度もぐるぐると行ったり来たりした。

妻を見ると、楽しそうに笑っている。妻は僕の二つ年下だから五十歳だ。妻はいつまで生きる予定でいるのだろうかと、またふと考えてしまう。この国の平均寿命は七十五歳だからみんなその年齢に合わせがちだけど、妻もそのくらいなのだろうか。僕は七十五歳に死ぬことに設定しているから僕が二年先に死ぬことになってしまうのかもな、僕が死んだ後、妻には寂しい思いをさせてしまいそうだ。

食後にコーヒーをいれて、久しぶりに家族四人で人生ゲームをすることにした。この国では人生ゲームは定番中の定番の娯楽だ。みんな小さい頃から自分の人生の駒を進めながら、どういう人生が一番幸せなのかを考える。危なっかしい波瀾万丈の人生が楽しいのか、それとも安定していて自分が本当に好きなことをたっぷり味わえる人生が楽しいのか、結婚は、家族は、と小さい頃から考える癖がつく。僕も幼い頃に人生ゲームをやりながら、自分には普通の仕事や普通の家族が向いているんだろうなとよく考えたものだった。

娘がいつものように大胆な人生を選んでいる。娘は若い頃からたくさんの恋愛をして、最終的に有名なアーティストと結婚をした。そのアーティストと娘の恋愛劇は週刊誌を賑わした。たぶん今後も娘はハラハラドキドキするような人生を計画しているのだろう。

僕がいつものように無難な人生を選んでいると、娘が「相変わらず父さんは平凡な人生を選んでるね」と笑った。息子も妻もその娘の言葉を聞いて苦笑した。息子も僕のような人生は軽蔑しているのだろうか。妻も実は不満に思っているのかもしれない。

人生ゲームが終わり、娘は、弟に「頑張って」と告げ、タクシーでアーティストの夫と幼い子供が待つ自宅へ帰った。息子も「じゃあ明日早いから寝ようかな」とつぶやきながら自分の部屋に戻った。

僕と妻は、話すこともなくなり、「私たちも寝ますか」と妻が立ち上がり、寝室に向かった。

ベッドで妻が、「あの子、どういう人生を選んでるのかな」と息子の話をするので、僕が「あいつは何か発明とかするんじゃないかな。小さい頃からSFの未来の話なんか好きだったじゃない」と言ってみる。妻が「そうかもね」と答えた。

三月二十九日

朝食の準備は僕の番だったので、妻と息子と僕の三人分のトーストとスクランブルエッグとオレンジジュースを用意した。

息子が「父さんのスクランブルエッグを食べるの最後かもね。すごく美味しいよ」とほめてくれた。

「そんな。最後なんて悲しいことを言うなよ。でも、このままおまえが結婚なんかしたら、もう一緒に朝ご飯は食べないかもな」と僕はしんみりする。

もちろん僕は息子に、「結婚したい人はいるのか?」とか「いつかは誰かと結婚したいと思っているのか?」なんて言葉はかけられない。息子の心の中ではこれからの人生は決まっていて、今、そんな自分の未来を頭の中で考えているはずだ。

妻が息子に「本当に残っている服は全部処分してもいいの?」と聞くと、息子は明るい表情で「うん。もう全部いらないから」と答えた。

息子は「ごちそうさまでした。じゃあそろそろ行かなきゃいけないから」と席を立ち、食べ終わった食器をキッチンに持っていくと、自分の部屋へ戻った。

僕が食器を洗っていると、息子がスーツケースを片手に部屋から出てきた。

僕が「それだけなのか？」と言うと、「そう。人生の荷物は少なくしたいから」と息子が笑い、「じゃあお父さんお母さん、今までお世話になりました」と頭を下げて、僕たちの家を出て行った。

ついに妻と二人きりになった。妻とソファーに横並びに座って、「子育てが終わったね」と息をついた。妻が「終わったね」と答えた。

僕が「コーヒーでもいれようかな」と言いながら、ソファーから立ち上がろうとすると、妻が僕の方を見て、こう告げた。

「ごめん。これから大切な話をするんだけど。傷つかないでね」

「傷つかないでねって、何の話？」

「私、あなたと離婚したいの」

「離婚？　どうして？」

「今、好きな人がいるから」

「え？」

「ごめんなさい。私、五十歳のときに最後の恋をするって決めてて。最初の夫との恋はいずれは消えてしまうって先輩たちみんなが教えてくれたし。二十歳のときは、こんな風なあなたとの温かい家庭の状況なんて想像できなかったの。でもやっぱり決めたとおり、好きな人があらわれちゃった。ごめんなさい。離婚届も、あなたへの慰謝料も、全部用意してある」


妻は立ち上がり、引き出しから離婚届と印鑑を持ってきた。

僕は妻から離婚届を受け取ると、「そうか。決まってたんだ。じゃあ仕方ないね」

と答えて、名前を書いて、印鑑を押した。もうこれは決まっていたんだからどうしようもない。僕たちはこの国で生きているんだから。

妻が僕から離婚届を受け取りながら、突然、涙をこぼした。

「泣かないでよ。こっちも泣きたくなるじゃない」
「ごめんなさい」
「仕方ないよ。どうしようもないよ。決まってることなんだし」

妻がずっと泣いている。妻に「これからどうするつもりなの?」と聞きたくなったけど、もちろんそれは聞けない。「彼はどんな人なの?」と質問してみようと思ったけど、そこまでいい人にもなれない。

僕は、そうかあ。僕は死ぬときは一人だったんだ。知らなかった。と心の中でつぶやいた。

妻にこう聞いてみた。

「もしかしてもうこの家を出る準備ってできてたりする？」

「うん。ごめんなさい。もう準備はできてる。今日出て行くつもり」

「謝らなくていいよ。仕方ないよ。お昼ご飯は食べるの？」

「お昼ご飯だけ食べてから出ようかな」

「じゃあこれが最後の食事だから、シャンパーニュでも開けようか。今から買ってくるよ。そっちもいろいろとやることがあるでしょ。お昼は何作ろうかな。久しぶりにピザでも焼こうかな」と僕は告げると、大急ぎでジャケットを着て外に飛び出した。

スーパーでシャンパーニュとピザに必要な食材を買って、帰りに妻が大好きなケーキ屋さんで、チーズケーキも買って帰った。

僕は昔、イタリアンで働いたことがあるからピザは生地から作る。まだ結婚したての頃、日曜の昼は僕がピザを焼くって決まっていたものだった。

僕がピザを用意していると、妻が「あなたのピザ、久しぶりだね」と寂しそうに笑った。

「これが最後になるね」と答えた。

二人でシャンパーニュで乾杯をして熱々のピザを食べた。いろんなことを話そうと思ったけど、白々しくなるからやめにした。

ピザを食べ終わり、僕が冷蔵庫からチーズケーキを出すと、妻が「うわあ!」と歓声をあげた。

残ったシャンパーニュを最後のチーズケーキにあわせる。

「長かったのか短かったのかわからないね」と僕。

「何が？」

「二人の結婚生活」

妻がまた下を向いて泣きそうになったので、「ごめんごめん。もうその話はやめようか」と僕が終わらせた。

妻もずっとこの日が来るのが苦しかったのかなと思った。いや、新しい恋も始まっていることだしそうでもないのかな、とも考え直した。

三月三十日

朝、目を覚ますと、家には誰もいない。今日から死ぬまでずっとこの家で一人っきりだ。

まさかこんなことになるなんて思いもしなかったから、五十代以降に恋をするとか再婚するなんてことは計画していない。

人間って結局ひとりで生きていくんだな、誰かの人生はたまたまその瞬間に居合わせただけ、すれ違っただけ。人は誰かの人生を決められないし、期待もできない。

そんなことはずっと前からわかってたはずなのに。こんなに苦しいのはなぜなんだろう。

誰もがなりたかった者になれるなら

あなたは小さい頃、「大きくなったら何になりたい？」って聞かれたことはなかっただろうか。「サッカー選手になりたい」とか「ケーキ屋さんになりたい」とか答えたことがあるかもしれない。

もう少し大人になり、「音楽の道で食べていきたいなあ」とか、「いつか小説を書いてみたいなあ」とか夢を見たこともあるかもしれない。

ほとんどの場合は、その願いはかなえられない。運や能力という現実があり、夢はしょせん夢であって、あきらめてしまって、僕たちは老いていく。

しかし、自分の国を出て、その国に行けば、誰もがなりたい者になれた。

王様や海賊、大泥棒や天才作曲家、人が思いつく限りの、ありとあらゆるどんな者にでもなれた。

大病をわずらった若い女性が、死ぬ前に一度だけでいいから、理想的な男性に求められたいと思った。彼女は今までの人生、理想的な男性からは全く求められてこなかった。たぶん内気な性格が自分に自信を持てなくしていたんだと彼女は考えた。

あるとき、彼女は、入院している部屋の隣の人から、「なりたい者になれる国」の話を聞いた。彼女は、その国に行くことに決め、その夜に部屋を抜け出した。

なりたい者になれる国に入り、自分が考え得る限りの魅力的な女性になった彼女が、街を歩くと、すれ違うたくさんの人間が自分を見た。「みんなが私を見ている。私は魅力的なんだ。みんなに注目されるってこんなに気持ちがいいことなんだ。生まれてきてよかった」と彼女は感じた。

彼女は目にとまったバーの前で立ち止まった。この国に来る前の自分なら物怖じしていたかもしれないけど、今の自分なら大丈夫だと思って勇気を出して扉を開けた。

バーテンダーを呼ぶと、彼が自分に対して少し緊張しているのに気がついた。「彼は私が魅力的な女性だから緊張しているんだ」と思うと、少し堂々となれた。

彼女は「ギムレットを甘めでお願いします」と注文した。少し緊張しているバーテンダーが「は、はい」と言いながら急いでシェイカーに手をのばした。

ギムレットに口をつけると、男性が近寄ってきてこう声をかけた。

「失礼いたします。もしおひとりでしたら少しお話がしたいのですが」

彼女がゆっくりと振り向くと、そこには一目で高価とわかるスーツを着た青年がたたずんでいた。

彼女が「あなたは？」と聞くと、「ナクル国の王子です。あなたの隣に座ってもいいでしょうか」と頭を下げた。

彼女は、「はい」と答えそうになって、ぐっとこらえた。「違う。私の理想はこんな男性ではない。残された時間を無駄にしてはいけない」と思った。

彼女は彼から目をそらし、「申し訳ありません」と首を振った。

王子は驚いた表情を見せたが、すぐに穏やかな笑顔に戻り、「失礼いたしました」とあやまりながら、その場を去った。

それから何人もの男が、彼女に話しかけ、隣に座ることをお願いしたが、彼女は断った。

そこに、茶色のコーデュロイのジャケットを着た、質素に見えるが上品そうな青年が、彼女から少し離れたカウンターの席に座った。彼はバーテンダーを呼んで、「カルヴァドス・ソーダをください」と注文した。

バーテンダーがカルヴァドス・ソーダを作り、青年の前に出した。青年はジャケットから一冊の本を取り出して、読み始めた。

彼女はその青年に、「何を読んでるんですか?」と声をかけた。

「僕の小説です。お恥ずかしながら、僕はずっと小説家になりたくて雨工場で働きながら書いていたのですが。でも、どうやら僕には才能がなくて小説家にはなれなくて。この国でやっとなれたんです。さっき図書館で僕の小説を見つけたので、さっそく借りてきて今読んでいるというわけです」

「あなたの小説はどうですか? 面白いですか?」

青年は嬉しそうに、こう答えた。「やっぱり僕の小説は最高ですね。これはいろんな不思議な国が出てくる物語なのですが、小説の中にまたその小説が出てきて、すごく面白いんです。僕、天才だったんだなあってさっきから何度も自分の才能をかみしめているところです」

彼女はやっと理想の男性に出会えた、と思った。

その国には決まりがあった。

人はなりたい者になれるが、なれる時間は二十四時間だけと決まっていた。二十四時間経ってしまう前にこの国を出ていかないと、その人はその場で死ぬことになる。

しかし、その決まりを知っているというのに、この国で「自分がなりたかった者」になって、この国で死ぬことを選ぶ人が後をたたなかった。

みんなこの国を出て、かつての自分の姿にだけは戻りたくなかったのだ。

彼女はその小説家と恋をして、抱き合ったままこの国で死のうと決め、一生分の勇気を出して、「あなたの隣の席にうつってもいいでしょうか?」と聞いた。

彼は少し驚いた表情を見せて、「もちろんです」と答えた。おそらく小説家もかつて自分がいた国で魅力的な女性からこんな風に接してもらった経験がなかったのだろう。

男性は彼女に出会えた喜びを言葉にし、女性は彼の小説を少し読んで「面白そうですね。私もこの世界の中に入ってみたいです」と感想を伝えた。

「じゃあこの僕の小説にあなたを登場させます。ここで僕たちが出会えた物語を入れておきますよ。たぶんまた別の並行世界でこの本が出版されるときは、僕たちの物語がこの小説に入っているはずです」

バーテンダーは二人にたくさんのお酒を作った。彼らの人生最後のお酒が最高のお酒になることを願いながら、お酒を作った。

この国ではバーテンダーだけが、その二十四時間の決まりからは例外の存在で、彼らはずっとこの国でお酒を出し続けて過ごすことを許されていた。なぜなら、バーテンダーが出すお酒は、過去の国での自分の姿を忘れさせ、今の理想の自分を酔って演じさせる効果があったからだ。

バーテンダーたちは、なりたかった者になれた人たちに、最高のお酒を用意し続けた。そしてほとんどの人たちが、その国でなりたかった姿のまま二十四時間後に死ぬことを望んだ。

バーの扉が開くと、ショートの金髪で、黒縁のメガネをかけた小柄な女性が入ってきた。表情は神経質そうだが、メガネの奥の瞳は優しい。

「ここいいですか？」と女性がバーテンダーに訊ねると、バーテンダーは「どうぞ」とすすめた。

女性はスコッチのソーダ割りを注文し、「この店にピアノはありますか？」と聞いた。バーテンダーは店の奥を指さし、「古いアップライトですが、それで良ければ」と答えた。

女性は、スコッチ・ソーダを片手に持ち、ピアノの前に座った。ピアノの蓋を開け、ジャズワルツの曲を弾き始めた。店内にいた他のお客たちもピアノの音に気がつき、みんながうっとりとした表情を見せた。

そこに、緑色のロングドレスを着た女性が入ってきた。ドレスの背中は開いていて、落ち着いた赤いルージュに髪の毛は漆黒のロングだ。バーテンダーに「シャンパーニュをグラスで」と注文すると、そのグラスを手に、ピアノの方へ近づいた。

ピアニストがロングドレスの女性に気づくと、少し微笑んだ。ロングドレスの女性はアップライトのピアノの上にグラスを置くと、ピアノにあわせてスキャットを始めた。彼女の声は艶やかで透き通っていた。

彼女の声を聞いた、他のお客たちの表情がパッと明るくなり、ピアニストも少し驚いた表情で、彼女のスキャットを追いかけるようにピアノのコードをかぶせていった。

彼女が一息つくと、ピアニストがソロを弾き、テーマに戻り曲は終わった。

店中の人たちが、わっと立ち上がり、拍手喝采となった。バーテンダーたちも手を休めて、満面の笑みで手を叩いている。

ピアニストとシンガーは二人だけの言葉で何かを語り、「ワン、トゥ！」とシンガーがカウントすると新しい曲が始まった。店は二人のグルーヴに揺れた。二人は楽しそうに極上の音楽を紡ぎ出し、お客たちは肩を揺らし、踊り出す人まで出た。

三曲演奏すると、二人は深々と頭を下げた。お客たちは全員が立ち上がり、彼女らに盛大な拍手をおくった。

ピアニストはピアノの蓋を閉め、シンガーの手を取りバーのカウンターへと誘った。

二人とも顔が上気して真っ赤になっている。

バーテンダーが「お代わりは同じものでよろしいでしょうか？」と聞くと、二人はグラスが空だったことに気づき、「はい。お願いします」と同時に答えて、二人は顔を見合わせて笑った。二人はもう何から何まで息がぴったりだったのだ。

二人の目の前にシャンパーニュとスコッチ・ソーダがそれぞれ満たされたグラスが置かれ、二人はそれを手に取り、「それではあらためて乾杯」と言って、グラスを重ねた。

二人はもちろん、大好きな音楽の話をたくさんした。好きなミュージシャン、好きなレコード、好きな曲、二人は音楽の好みもぴったりと合ってしまい、「こんなことってあるんだね」と、さらに顔を上気させた。

お互いの身の上のことも話し合った。当然のことながら、二人とも、元いた国では、プロのピアニストでもプロのシンガーでもなかった。

ピアニストは言った。

「ピアノは小さい頃から習ってたんだ。こんな風に上手に演奏したかったんだけど、全く才能がなくてね」

シンガーも言った。

「私も歌手になりたくて、場末のナイトクラブで歌ってたんだけど、全然うまくいかなくて」

二人は、お互い同時に「どの国から来たの？」と質問した。

二人がこの国に来る前は、実は同じ国にいたことがわかった。

ピアニストが、シンガーに「やっぱり、この国で、なりたかったシンガーになって、この国で二十四時間の人生を終わらせようと思ったの？」と聞いた。

シンガーも、ピアニストに「そう。あなたも、この国で、なりたかったピアニストになってから、この国で二十四時間の人生を終わらせようと思ったんでしょ」と返した。

「うん」とピアニストはうなずいた。

バーテンダーが何も言わずに、二人の前に新しくお酒が満たされたグラスを置いた。

二人はバーテンダーに「ありがとうございます」と言って、また乾杯した。

ピアニストが、「思うんだけど。もしよければ、私と一緒に元の国に戻らない？

私たち、二人で、あの国でもっと演奏してみない？」と告げた。

シンガーも、「私もそう提案しようかと思っていたところ」と笑った。

「私、元の国では全然ピアノはうまくないし、こんなにかっこよくないけど、いい？」

「私も、元の国だと普段は化粧もしてないし、声も低いけどいい？」

二人はしっかりと手を握り合って、「私たちが大好きな音楽を、あの国でもう一度演奏しよう」と誓った。

二人の後ろを通りかかった、別のお客が、二人に声をかけた。

「さっきの演奏は最高でした。もしよろしければ、もう一曲だけ、何か二人の演奏を聴いてみたいのですが」

二人は顔を見合わせて、声をそろえて、そのお客にこう告げた。

「ごめんなさい。そろそろ私たち、元の国に戻らなきゃいけないので」

そのお客は少し驚いた表情を見せて、こう言った。

「それは羨ましい。それは羨ましいですね」

二人はバーテンダーに向かって、「私たち、帰ります。お会計を」と伝えると、バーテンダーは首を振ってこう答えた。

「元いた国に帰る人たちからはお代はいただかないことになっております。お二人のご活躍をこちらの国から祈ってます」

二人は「ありがとうございます」と頭を下げ、席を立って、バーを出た。

その国では、なりたい者になれた。王様にでも大泥棒にでも、なんにでもなれた。その国のルールは二十四時間以上いると、死んでしまうことだった。

ほとんどの人たちが、なりたかった自分になって、その国でその人生を終えた。しかし、ときたま、二十四時間経ってしまう前に、元いた国に帰る人たちもいた。

好きな人の近くにずっといる方法

その天使は、仕事熱心だった。

毎朝定時に出勤して、神様が決定した人間たちの恋の表をチェックして、「この恋はやらせてください！」と誰よりも早く挙手し、地上へと降りた。地上での恋の導き作業も天使仲間の間では評判がよかった。

「どうして僕たちこんなところで出会っちゃったんだろう」という運命の出会い方

がその天使の得意技だった。いつも同じ電車の同じ車両に乗る若い男女を、南の島の突然の大雨の中、雨宿りさせたカフェの軒先で再会させたり、幼い頃の初恋の相手と、摩天楼のビルのエレベーターの中に事故で閉じこめたりした。

あるいは「お互い好きあっているのに何度もすれ違う」という手法も多用した。本当は好きなのに、相手の別の恋を応援してみたり、連絡先がわからなくなってヤキモキさせたりした。

そんな風にしてその天使が仕掛けた恋に落ちた二人は、みんな幸せになった。天使は恋を成就させることを天職だと思っていた。

そんな天使が、ある日地上の人間の女性に出会って恋をしてしまった。

その日、天使は少し早く仕事を終えたので、天国へ帰る前にちょっとだけ街を歩いてみることにした。いつもはそんなことは考えずにさっさと天国の自分の家に戻って、音楽を聴いたりワインを飲んだりするのが日課なのだけど、その日はなんとなく人間たちが愛おしくなったのかもしれない。街を歩き、人間たちが喧嘩をしていると、横からそっと魔法をかけて仲直りさせたり、会社が倒産して自殺をしようとしている人がいると、思いとどまらせて、これからどうやって人生をやり直すべきか一緒に考えてみたりした。

そこに優しい風が吹いてきて、天使の目の前にハンカチが落ちた。風が吹いてきてハンカチが落ちるなんて、なんて古典的なんだろうと天使が思うと、風が天使に向かって少し微笑み、ウインクをするのが見えた。なるほど、ロマン派の風なんだと思いながら、天使はハンカチを拾って、ハチ公の銅像の前に立っている女性に「落としましたよ」と渡した。

その女性は「ありがとうございます」と答えながら、心はここになく、何度も時計を眺めていた。天使はどうしたんだろうと思い、彼女の心の中に入ってみた。彼女はここで恋人と待ち合わせをして、でもいつまでたってもその男性があらわれないということがわかった。

天使は彼女の恋人である男性を探した。男性は隣街で違う女性とデートをしていた。その男性の心の中をのぞくと、完全にハチ公前のあの女性のことは忘れていて、目の前の女性に夢中だった。

天使の羽を丁寧に隠し、天使はその男性に扮してハチ公前の彼女の前に姿をあらわした。

「ごめん、遅くなってしまって」

「ああ、良かった。何か事故にでもあったのかと心配しちゃった」

天使は彼のことも彼女のことも大急ぎで「地上の人間全記録」で調べてきたので会話が変になることはなかった。

彼女の話を聞いては笑い、天使も彼のフリをして今日あったことを面白おかしく話した。そして彼女が笑うと天使の心は少し震えた。

話が進めば進むほど、彼女が笑顔でいっぱいになればなるほど、一瞬の思いつきで軽はずみなことをしてしまったと天使は悔やんだ。

彼女はすごく楽しそうに話をしている。天使は「そうなんだね」と優しい笑顔でずっとうなずき続けた。

彼女が突然話すのをやめた。

「どうしたの？」と天使が聞くと、

「あなた、誰なの？」と彼女が言った。

「いつ気がついたんですか？」

「最初から変な気はしてたんだけど、彼はどこ？」

天使は正直に彼が他の女性と隣街でデートをしていることを告げた。

「ほんとはそんなことじゃないかと思ってた。もうあの人とは終わりだってわかってたから。でも今日はあなたがすごく優しいから、もしかしてまた前みたいにうまくやっていけるのかと勘違いしちゃった。でもやっぱり予想通りだったんだ」

「軽はずみなことしちゃってごめんなさい」

「大丈夫。もうこれで綺麗さっぱり忘れることにするから。ところであなたは誰なの？」

「天使なんです」

そう言うと、天使は羽を広げ、元の天使の姿に戻った。

「天使ってほんとにいるんだ」と、彼女が驚いた。

「もちろんいますよ。恋をくっつけたり、偶然や運命を演出したりしています」

「じゃあ、私が彼とはうまくいかないっていうのも、あなたたち天使関係者はわかってたってことなの？」

「そうですね。さっき、あなたの記録を読みましたが、そういう風に書かれていました」

「なんだ。失恋って決まってたんだ。ふーん。じゃあ、今度私はどんな恋をすることになっているの？」

「それはもちろん秘密です」

「じゃあ、今日はこれから私とすごさない？　私、動物園に行きたかったの。天使と動物園デートって悪くないじゃない」

「わかりました。是非、ご一緒させてください」

天使はまた羽を隠し、彼女と動物園へと向かった。

「考えてみると、デートをするなんて生まれて初めてです」

「そうなの？　人間の恋をくっつけるのが仕事なんでしょ。そんな人が、いや、そんな天使が、デートをしたことないなんて面白いね」

「そうですね。あの、デートっていいものなんですね。こうやって二人で歩くってドキドキするんですね」

「いいでしょ。私も初デートって大好き」


動物園は閑散としていて、動物たちもあまりやる気がないような気配だった。

でも彼女はそんな動物園を楽しんでいて、眠っているライオンに向かって、「おい、起きろー！」と声をかけたり、猿山のサルたちにミカンを投げたりした。


「天使って動物の気持ちもわかったりする？」

「わかりますよ。心の中に入ればいいんです。どれか動物で試してみましょうか？」

「じゃあ、あのウトウトしているキリンはどう？」

「ちょっと行ってきますね」

しばらくすると天使が戻ってきた。

「どうだった？　何を考えてた？」

「夢を見てました」

「どんな夢？」

「あのキリンがまだ小さい頃、友達と駆けっこをしていた夢です。

『あの虹のふもとまで走ろうか』

『どっちが先につくか競走だ』

幼い二頭のキリンはお互いそう声をかけあって走り始めます。

『走っても走っても、虹が逃げていくね』
『どうしたんだろう、虹が逃げていくね』
『どうしたんだろう』

幼い二頭のキリンはいくら走っても虹にはたどり着けません。
夢を見ているキリンは声に出して『どうしたんだろう』とつぶやきます。

そして、はっと気づくと、目の前には大きな檻があります。

『なんだ夢だったんだ、そうだ、僕、動物園の檻の中にいたんだっけ。走れるわけないじゃん。虹なんかにたどり着けるわけないじゃん。変な夢』

って思ってました」

「天使」

「はい」

「デート中にそういう寂しい話はしない方がいいよ」

「すいません」


そして二人は売店で冷えた焼きそばとアイスコーヒーを買って、脚がガタガタするテーブルで並んで食べた。

「焼きそばに入ってるキャベツの芯に火が通ってないですね」

「紅ショウガと一緒にかじっちゃえばいいのよ。そういうのが動物園の売店の美味しさなの」


天使はとても楽しかった。デートってこんなに心が震えるものだったんだと感動した。彼女もずっと嬉しそうに笑っていて、このまま時が止まってしまえばいいのに、と思った。

しかし、天国に帰る時間が近づいていた。

「あの、実は、そろそろ天国に帰らなきゃいけなくて」
「あ、そう。今日は面白かった。なんかあいつのことも忘れられそうだし。ありがとう。うーんと、連絡先を交換できるわけじゃないし、もうこれで会えないのかな？」

「また会いたいですか？」
「そうね。あなたはすごくいい人だし。あ、人じゃないんだ、天使だよね」
「じゃあ、考えておきます」

そう言うと、天使は消えた。

天使は天国の自分の部屋に戻ってから、ワインや音楽にも手をつけず、ずっと地上の彼女を見つめ続けた。

彼女はと言えば、本当に吹っ切れたようで、ビールを飲みながらパスタを茹でて、天使が知らない明るい歌を歌っていた。

天使は彼女を見つめながら、「彼女にもう一度会いたい」と思った。そして、「しまった。恋に落ちてしまった」と気づいた。

次の日の朝、天使は仕事場に向かい、タイムカードを押さずに神様のところに行った。

神様が「どうした？　今日は働かないのか？」と聞くと、
「地上の人間に恋をしてしまいました」と天使が言った。

神様がため息をつき、こう告げた。

「そうか。残念だな。君はすごくよく働いてくれる優秀な天使だったから、このま
ま神様にまでなれると思っていたのだが」

「自分もそう願っていました。でもある日突然、恋って落ちるものなんですね」

「そうみたいだな。で、地上の人間に恋してしまった天使は、地上に堕ちるしかな
いのは知っているな」

「はい。地上に堕ちた天使は、もう人間の姿にはなれないんですよね。でも彼女の何か大切な持ち物になれるはずでしたが」

「そうだ。もうどんな物になるのかは決めたのか？」

「さっき調べてみたら、彼女はこの後結婚して、子どもが生まれるんです。その子が大切に弾くピアノになろうかなって想像してみました」

「ピアノか。楽器はいいぞ。私たち天国の者が楽器に生まれ変わると、それは素晴らしい奇跡的な音色を奏でるからな。彼女もさぞかし喜ぶだろう」

「あるいは彼女がこれから何度か特別なデートをするので、そのときにつける口紅になろうかなとも考えてみました。彼女を誰よりも魅力的に見せるんです。口紅って、使い切ったら終わりですが、彼女のこれからの素晴らしい恋に役立てるのならいいかな、なんて考えたんです」

「ロマンティックだな」

「でも、結局、本になることにしました」

「本?」

「彼女が明日、図書館である本に出会うのがわかっているんです。彼女はその本をすごく気に入って、何度もその図書館に通って、自分の子どもにも読ませるんです。その本になることにしました」

「なるほど」

「その本は、自分が書くことにしました。自分が今まで見てきたこの世界の人間たちのこと。少し不思議な国や、王子様や魔法使いのことを書いておきたいなって。子どもも大人も楽しめる物語を書いてみたいんです」

「彼女の子どもも読む本か。悪くないな」

「はい」

そして天使はその場で本の姿になった。

神様が「あんなに腕の良かった天使が、人間に恋をするなんて。一冊の本になるなんて」とつぶやくと、その本が少し笑ったような気配がした。

神様はその本を片手に久しぶりに地上に降りて、天使が指定した図書館を探した。

図書館は天井の高い古い建物で、甘いバニラと木の香りがする古い本がたくさん棚にあった。

神様はポケットから本を取り出し、棚の中にそっと差し込んだ。明日、あの優秀だった天使が恋に落ちたという女性がこの本を見つけるんだ。そしてあの天使の文章を読んで、彼女は楽しい気持ちになれるんだ、確かにそういう生き方もあるな、うん悪くない、と神様は思った。

「じゃあ、幸せにな」と神様は本になった天使にそう告げると天国へと戻っていった。

本になった天使は、明日、彼女と再会するのを本棚でひっそりと待った。

好きな人の近くにずっといる方法

世界はすべてあなたの世界

秋の優しい風が東京の街にも吹き始めた夜のこと。バーの扉が開くと、三十代後半くらいの白いシャツにブルージーンズの女性が入ってきた。髪は肩にかかるくらいの長さで、黒縁のメガネをかけている。

「ひとりですが」と言うので、僕は「どうぞこちらへ」とカウンターの席をすすめた。彼女は座りながら、「ここが自家製のレモネードが飲めるバーですよね」と確認した。

「はい。友人が瀬戸内海の島でレモン作りをしておりまして、そのレモンを使って自家製のレモネードを出しております」

「じゃあ、それをお願いします」

僕は氷をアイスピックで砕き、コリンズグラスに五個入れた。そこに冷やしてあった自家製のレモネード用のシロップをたっぷりと注ぎ、生のレモンをカットして絞り込む。クラブソーダでみたして、彼女の前にそっと出した。

彼女はグラスを鼻に近づけ香りをとってから、グラスに口をつけレモネードを少し口に流し込む。「ふう。これが言葉と言葉の間からレモンの香りがわき立ってくるようなレモネードなんですね。ずっと飲みたかった」とつぶやいた。

僕が少しとまどったような表情をしていると、彼女が驚いた。

「あれ？　意味がわかってないということは、あなたはこれからあの本を書くんですね。それはもしかして、私は最後の登場人物に間に合ったのかもしれませんね。良かった」と嬉しそうに笑って、こんな話を始めた。

「私、二年くらい前から毎晩毎晩同じ場所が出てくる夢を見始めたんです。そういうことってありますよね。全然知らない街のはずなのに、どこか懐かしいような気もするんです。毎晩私は目を閉じるとちょうど駅の改札を出たあたりで、なんでもない商店街がひろがっています。コロッケや唐揚げも売っているお肉屋さん。冷やし中華もやっている中華料理屋さん。小さい子供を連れたお母さんが八百屋さんの前でお店の人と何かを話していたり、部活帰りの中学生くらいの男子が自転車で横を通り過ぎていったりします。

最初の頃は、その商店街をしばらく歩いて、お店が少なくなってきて、住宅街に入ったあたりで夢から覚めていたんです。

『明晰夢《めいせきむ》』って言葉は知ってますか？　普通の夢だとどれだけ変な設定でも『これは現実の状況だ』と信じてしまって、夢の中で動揺したり困ったりしますよね。でも明晰夢って、自分の夢の中で『これは夢だ』ってわかっていて、そんな中であっちに歩いてみたり、空を見上げてみたり、自分を自由にコントロールできるようになることなんです。

もうほんとその街の夢は毎日見るので、ああまたあの夢だってわかっているし、私もなんとなく自由に動けるようになってきたんです。

夢を見始めて半年くらい経ったある日のこと、目に入った時計屋さんがなんとなく気になって、おもいきって扉を開けて入ってみました。そしたら六十代半ばくらいのご主人が『いらっしゃいませ』って声をかけてくれて。あ、夢の中の人とお話ができるんだって初めて気がつきました。

私がちょっと驚いた表情を見せてしまったのかもしれません。そのご主人が、『うちは時計屋ですが、あの、お気になさらずにお店の中を見てもらってていいですよ』と気づかってくれました。

『あ、はい。ごめんなさい。私、なんとなく入ってしまって』

『ええ。そういう方よくいらっしゃいますよ。私は毎日毎日こうやって時計を眺めている人生ですが、時計っていいものですよ。何度見ても飽きません』

『へええ。そういうものですか。いろんな時計があるんですね』と私はお店の中の時計たちを眺めました。私、時計屋さんというお店に入ったのが生まれて初めてだということに気がつきました。ちょっと不思議じゃないですか？　初めての経験が夢の中だなんて。

その時計屋さんはアンティークの時計もあつかっているし、ジリジリ大きなベルの音が鳴る目覚まし時計なんかもありました。腕時計もいろんなのがたくさんあって、『私、時計をつける習慣がなくて。みなさんどうやって、この時計がいいって決めるんですか？』と聞いてみました。

『時計が必要ない人生ならそれで結構だと思いますよ。時計が必要な人は約束がある人なんです』

『時計が必要な人は約束がある人。じゃあ私が今まで時計が必要なかったのは約束がなかったというわけですね』

『そうとも言えますね』

『約束があった方がいいかなあ。私も時計、買った方がいいんですかね』

『まあ慌てることはないですよ。いつか時計が欲しくなったらまた立ち寄ってください』とご主人が優しく笑い、私はその時計屋さんを後にしました。

お店を出ると、まだ私の夢の中の街はいつもどおり存在していました。後ろを振り返っても時計屋さんはそこにありました。この夢の中の人たちは、お話ができるんだと私は夢の中で嬉しい気持ちをかみしめました。

商店街をそのまま歩き進むと、またお店が少なくなってきて、すれ違う人たちの顔もぼやけてきて、住宅街の方に足を踏み入れると、いつものように目を覚ましました。

その次の日はずっと気になっていたあの喫茶店に入ってみようと眠る前から決めていました。昔ながらの純喫茶風のお店があって、いつもコーヒーのいい香りが外に流れてきてたんです。いつものように駅の改札を出たところから夢は始まり、商店街を歩いて行くと、右手の方にその喫茶店が見えてきました。私は自分が財布を持っていること、その中にちゃんとお金が入っていることを確認して、扉を開けるとカランコロンとベルの音が鳴りました。お店はカウンターだけで席は横並びに八席くらいあります。カウンターの中には若い女性がひとりいて、お客さんは誰もいません。その女性が『いらっしゃいませ。お好きな席にどうぞ』と微笑むので、私は奥から二番目の席に座りました。メニューと温かいおしぼりが出てきました。私は夢の中なのに温かいおしぼりが出てくるなんて不思議だなと変なところが気になりました。コーヒーとガトーショコラを注文すると、彼女はコーヒー豆をひき、丁寧にドリップでいれながら、温めたナイフでガトーショコラを切ります。そこに生クリームをそえて、『お待たせしました』と、目の前にコーヒーとガトーショコラを置きました。

私はコーヒーの香りをとり少し口にふくみました。酸味がしっかりしていて高級な味がしました。ガトーショコラも甘すぎずカカオの味が口の中に広がりました。

私はカウンターの中の女性にこう質問しました。

『こちらのお店はもう長いんですか？』

『お店自体は四十年以上経つのですが、私の代になってからはちょうど五年なんです』

『じゃあ先代からお店を譲り受けられたんですか？』

『先代からと言いますか、このお店はいろんな人がやることになっていて』

『ごめんなさい。なんだか不躾にいろんなことを質問してしまって。私、いつか自分の喫茶店をやるのが夢だったから、夢の中でそんなことが可能なのかなってちょっと思ってしまって』

『じゃあ、今度はお客様がこの喫茶店をされますか？』

『あの、どういうことでしょうか？』

『あなたがこの喫茶店を引き継ぎますか、ということです』

『私がやっていいんですか？』

『はい。ここはあなたの世界ですから。どうぞカウンターの中へ』

彼女はそう言いながら自分のエプロンをとって、『じゃあこれ、どうぞ』と、私に渡しました。

私がエプロンを受け取ると、彼女はカウンターから出て、『じゃあ頑張ってくださいね』と笑って、お店を出て行きました。

私は突然のことにびっくりして、その場で立ちすくんでいるとカランコロンと音がして、男性のお客様が入ってきました。昨日話した時計屋のご主人でした。私はとっさに『いらっしゃいませ。どうぞお好きな席に』と言うと、自分が今まで飲んでいたコーヒーカップとケーキのお皿を片付けながら、カウンターの中に入ってしまいました。

私がダスターでカウンターを拭いていると、時計屋のご主人が『お仕事決まったみたいですね。おめでとうございます。じゃあアールグレイをお願いします』と注文しました。

『はい。ありがとうございます。アールグレイですね』と答えると、なぜか私はアールグレイの葉っぱの置き場所も、いれ方も知っていて、ずっとこのお店で働いていたかのように、手が勝手に動きました。まあ自分の夢の中だから当然といえば当然かもしれません。私はおしぼりを出して、『もうしばらくお待ちくださいね』と伝えました。

時計屋のご主人がアールグレイを口に入れると、『やっぱりここのアールグレイはいつも美味しいですね』と、微笑みました。

私は『そうだ。私はこういう仕事をずっとしたいと思っていたんだ』と気づきました。私、現実の世界の方では大きい会社の経理を十数年やっていたのですが、いつまでたっても職場や組織の人間関係や数字の仕事が好きになれなくて、でもいい会社だからやめる勇気がなかったんです。

時計屋のご主人が『こっちで生活するとなると、住む場所はどうされますか？』と質問しました。

『そういえばそうですね。どうすればいいんでしょうか』

『うちの二軒隣の不動産屋さんにいけばいいいんじゃないですか？　ずっとおばあさ

んがやっていますが、大きなトラ猫もいて良い不動産屋さんですよ』

『ありがとうございます。じゃあお店を閉めたら行ってみますね』

不動産屋さんは、時計屋のご主人が言ったとおり、大きなトラ猫がいて、優しそうな初老の女性がいて、私のいろんな部屋の好みをゆっくりと聞いてくれました。

『じゃああなたが好きそうな部屋がひとつあるからちょっと一緒に行ってみますか』と不動産屋のおばさまが言うと、私たちは商店街を抜けて住宅街の方に入っていきました。ああ、またこれだと夢が終わってしまうと私は思ったのですが、夢は終わりませんでした。

住宅街には続きがありました。駐車場に一台だけ自動車がとめてあるような普通のご家庭の一軒家が続き、子供たちがジャングルジムで遊んでいてそれをお母さんたちが眺めている公園があって、その隣に古いけど清潔で陽当たりの良さそうな茶色いレンガの二階建てのアパートが見えてきて、不動産屋のおばさまが『ここですよ』と指さしました。

おばさまが鍵を出して、『失礼します』とつぶやきながら、一階の端の部屋の扉を開けました。中にはなんと私の元いた世界の部屋の家具一式がそろっていました。私が『ここって』と驚いていると、『だってここはあなたの世界でしょ』とおばさまが微笑んで、私に鍵を渡してくれました。

私が鍵を受け取り、おばさまの顔と部屋の中を交互に見ていると、おばさまが『じゃあ、あなたの人生を楽しんでね』と笑いながら、また商店街の方に戻っていきました。

私は部屋の中に入り、いつもの私のベッドにドサッと飛び込んで、天井を眺めていると今日はいろんなことがあって疲れたのか、眠たくなってきました。あ、このままに眠ってしまうと、また前の世界に戻ってしまう、私もうこっちの世界がいいのにと思いながら眠りについてしまいました。

またあの駅の改札を出たところから夢が始まるのかなって思ったのですが、夢の中の私のベッドではあの夢はあらわれてきませんでした。私は久しぶりに夢を見ないで目を覚ましました。家具一式は私の前の世界と同じでしたが、窓を開けると昨日おばさまに紹介された古い茶色いレンガのアパートでした。私、夢の中に住むことを許されたんです。

その日から私は喫茶店で働きました。小さいお店でしたがたくさんのお客様が来店しました。夢の中の街の人たちはみんな本当に親切でした。みんながこの街のことを愛していて、『ボートから湖の底は見ましたか?』とか『夜、裏山から星を眺めると綺麗ですよ』とかいろんなことを教えてくれました。

ある日のこと、一番最初に話した時計屋のご主人が来店して、いつものようにアールグレイを飲まれていました。私はこう聞いてみました。

『いつか時計が必要なときが来るかもって仰《おつしや》ってましたが、どうなんでしょうね』

『時計はどうですかね。だってあなたはもうあの駅の時刻表を見ながら改札を抜けて外の世界に行くつもりはないんですよね』

私は、そうか、あの駅の改札が外と繫がっているんだ、と気づきました。私はこう答えました。

『そうですね。もうあの改札の向こうには行かないから時計はいらないかもしれないですね』

『どこにも繫がらない小さな閉じた世界が好きなんですよね。あなたも私たちも』

『はい』

そして時計屋のご主人は、『図書館に行くといいですよ。小さな閉じている世界がたくさん出てくる本に出会えるはずです』と教えてくれました。

次の日は喫茶店はお休みだったので図書館に行ってみました。図書館の天井は高くて、古い本の甘いバニラと木の香りがしました。本はすぐに見つかりました。たぶん私のような人のためにその本はこちらの世界の図書館の棚でずっと待ってくれているんです。

私は自分の部屋にその本を持ち帰って読んでみました。私が住んでいる夢の中の世界と同じで、小さくてどこにも繋がっていない世界がたくさんあって、みんなが自分だけの世界でたった一度きりの人生を大切に生きていました。私が今までいた世界はやっぱり嘘だったんだ。こっちが本当の私の世界なんだって確信しました。

次の日、また私の喫茶店に時計屋のご主人がアールグレイを飲みに来たので、『先日おすすめしていただいた本、図書館で借りて読みましたよ』と告げて、その本をご主人に見せました。

『そうですか。それは良かったです』

『私、この本、このレモネードが美味しいバーのバーテンダーさんのところに持っていこうと思います。このバーテンダーさんがいる世界ではこの本は見つからないんですよね。たぶん、小さい頃はこっちの世界の図書館に来られて、この本を手に取ることができたんだと思います。私がこっちの世界から持っていってあげなきゃ』

『そうなると、あの駅の改札を抜けて、電車に乗らなければなりませんよ』

『わかってます。でも私、ちゃんと戻ってきます』

『戻ってこれそうですか？』
『はい。私、こちらの世界の人たちの方が好きなので必ず戻ってきます。約束します。そうだ。約束ってこういうことだったんですね。帰りの電車の時間を見なきゃいけないから、私、時計が必要になりました』
『そうですか。じゃあまた電車に乗る前にでも私のお店に来てください』

次の日、私は時計屋さんに行って、シルバーの可愛い腕時計を買いました。お支払いをして、その場でその腕時計をつけて、『じゃあ私、ちょっとそのレモネードのバーまで行ってきますね』と告げて時計屋さんを出ました。

商店街を駅の方向に進みます。駅が見えてきて、切符を買って、改札を抜けようとすると、後ろで私の名前を呼ぶ声がしました。振り返ると私の街のみんなが集まっていました。何十いや何百人もいてみんなが手を振っています。みんな私が見ているる夢の中の人たちなんですよね。私がこの夢を見なくなると困るのかもしれません。

私が大きな声で『またすぐに戻ってきますね』と言うと、みんなが『約束ですよ』と口をそろえました。改札を抜けてホームに行くと、電車が入ってきました。電車に乗ると扉が閉まり、ゆっくりと電車は走り始めました。私のあの小さな世界がゆっくりとゆっくりと遠ざかっていきました。私はでもまたこの街に戻ってこなきゃと思いました」

「これがその本です」彼女が僕に一冊の本を見せた。

僕はバーのカウンター越しに彼女からその本を受け取った。それは僕が小さい頃、図書館でよく読んでいた本だった。そしてあなたがこんな風に手に取って読んでくれる本でもあった。

林伸次（はやし・しんじ）
1969年徳島県生まれ。レコード店、ブラジル料理店、バー勤務を経て、1997年にbar bossaをオープンする。2001年、ネット上でBOSSA RECORDをオープン。選曲CD、ライナーノーツ執筆多数。著書に『バーのマスターはなぜネクタイをしているのか?』『バーのマスターは、「おかわり」をすすめない』（ともにDU BOOKS）、『ワイングラスのむこう側』（KADOKAWA）、『大人の条件』『結局、人の悩みは人間関係』（ともに産業編集センター）、『恋はいつもなにげなく始まってなにげなく終わる。』（幻冬舎）などがある。

世界はひとりの、
一度きりの人生の集まりにすぎない。

2023年10月5日　第1刷発行

著者　林 伸次
発行人　見城 徹
編集人　菊地朱雅子
編集者　竹村優子

発行所　株式会社幻冬舎
〒151-0051 東京都渋谷区千駄ヶ谷4-9-7
電話:03(5411)6211(編集)
03(5411)6222(営業)
公式HP:https://www.gentosha.co.jp/

印刷・製本所　中央精版印刷株式会社

検印廃止

Printed in Japan
ISBN978-4-344-04185-1　C0093
この本に関するご意見・ご感想は、下記アンケートフォームからお寄せください。
https://www.gentosha.co.jp/e/